Spring Pieta

By Murata Ayumu

幻冬舎 MC

春のピエタ

みんな逝ってしまった、私の家族へ

その日、優子はいつものように四時半にパート先の惣菜屋を出て、保育園に聖《あきら》を迎えに行き、しばらく逡巡したのち実家へ向かった。

揚げてから時間が経ってしまった天ぷらなど、店の規則で破棄することになっている惣菜の残りをもらった日は、必ず実家に寄って母親と分け合うことにしている。手に提げたビニール袋には油淋鶏《ユーリンチー》が五百グラムも入っていた。まだ店頭に出している菜の花の辛子和えまで、店長は小さなプラスチックケースに分けてくれた。

実家に寄るのをためらったのは、一昨日、公園で偶然母親と出会ったことが原因していた。あれ以来、後ろめたい気持ちが身の内に燻《くすぶ》っていて、顔を合わせるのに勇気が要ったのだ。それでもいったん心に決めて歩き出してみると、口を固く縛っているビニール袋から甘酸っぱい香ばしい匂いがしてくるようで、ベビーカーを押す手につい力がこもった。

実家に近づくと、門扉《もんぴ》を挟んでパトカーが二台停まっているのが見えた。一台には運転席に人がのっている。次に、黄色い立ち入り禁止のテープが目に飛び込んできた。近所の主婦が三、四人かたまって道路脇に佇んでいる。皆一様に肩をすぼめ、両腕を絡ませて掌《てのひら》で二の腕を覆っている。まるで瘴気《しょうき》から身を守るような姿勢だ。

その、視界に映るすべてが、優子には既視感があった。だから咄嗟に思ったのだ。また起きた、と――。

道端にベビーカーを止め、シートから赤ん坊を剥ぎ取るように抱きあげる。とたん、聖は背を弓なりにして泣き始めた。優子はかまわず玄関に走り寄ると黄色のテープをまたぎ、腕を差し出して侵入を制した男に「娘です」と強く言い放った。引き戸を乱暴に開け――鍵は締まっていなかった――「おかあさん」と叫ぶ。すぐに父親が飛び出てきた。

上り框《かまち》に仁王立ちになった達生《たつお》の目は異様に輝いていた。その油膜がはったような鈍く輝く目で娘を睨み据えると、「中に入るんじゃない」と押し殺した声で言った。

優子は泣き叫ぶ赤ん坊を胸に抱いたまま、玄関に立ち竦んだ。奥の座敷で複数の人の気配がする。三和土《たたき》には見慣れた父の運動靴と、母が仕事で履く汚れた白いスリッポンがあるだけだ。こういうとき、警察の人間は特殊なビニール袋を靴に被せて家に上がることは、後で知った。

繰り返すんだな、恐ろしいことは幾度も津波のように押し寄せてくるんだな——優子は無意識に天井を見上げた。

十四年前、一家の住む家の天井裏には、今の聖と同じ、生後十一ヵ月の赤ん坊の死体があった。当時は集合住宅に暮らしていたから、天井裏といっても、狭いユニットバスの天井に一部取り外しのできる丸い部分があり、そこを押し開けると上階の床との間に二尺ほどの隙間がある、その空間のことだ。そこに口を固く縛った半透明のごみ袋が押し込んであった。

優子はそれを直接見たわけではない。兄の劉生《りゅうせい》も見てはいないだろう。しかし兄は妹に、まるで見たかのように遺体が発見されたときの様子を話して聞かせたのだった。

ふいに、父親の熱い掌が優子の両肩を掴んだ。上から強く押す力に膝が震えて、その場に頽《くずお》れそうになる。赤ん坊を胸に抱いているという自覚が、かろうじて身体を支えた。

「だいじょうぶ、だいじょうぶだ」

達生は自分の掌の圧力にはまるで気づかずに、抑えた声音で繰り返した。

「誰も死んじゃいない。だいじょうぶだから」

実際には、二人から数メートルしか離れていない座敷で、母親の清子《さやこ》が冷たくなっていたのだ。しかし優子には、父がなにを言わんとしているか察しがついた。家族だったから。

だいじょうぶ、今度は誰も殺されたりなどしていない——。

「おかあさん、死んじゃったの?」

思わず口に出た。父親が誰も死んではいないと口にしたとたん、娘はなにが起きたのかを悟ったのだった。

達生は肯《うなず》くかわりに「だいじょうぶだ」と繰り返した。

検死には時間がかかった。清子の遺体が鴨居《かもい》から下がっていた現場には、事件性を示唆する痕跡はなかったが、死者が怨恨を受ける立場にいたため、警察は慎重を期したのだった。

　達生は優子に、赤ん坊がいるのだからいったん家に帰るように勧めた。優子は素直に従うことにした。兄の劉生に連絡を入れたのかという娘の問いに、達生はまだだと首を振った。

「奥が片づいたら連絡を入れるから」

　ああ、おとうさんはあたしたちに現場を見せたくないのだな、と優子は思った。普通こういうとき、子供というのは周囲が止めるのもきかず、もう息のない母親の身体に縋《すが》りついたりするものなのだろうか……優子にはわからなかった。夫が帰宅するのを待って聖を預け、また戻ってくるからと言い置いて自宅へ向かう。途中信号待ちをしているとき、ベビーカーを置きっぱなしにしてきたことに気づいたが、引き返しはしなかった。聖をあの家から一刻も早く遠ざけたい、と切に思った。

　信号を渡ったところで、雨粒がひとつ、額を打った。冷たい大きな粒で、眉毛では止まらず、瞼にまで伝ってきた。胸に抱いた赤ん坊の頭を見ると、雨滴《うてき》ではなく桜の花弁がひとひらのっている。家まであと五、六分のところだが、聖を濡らすわけにはいかない。コンビニでビニール傘を買い求めた。抱っこ紐もなく、ショルダーバッグを肩にかけているので、苦労して開いた傘をどうにか阿弥陀にさす。

優子は、自分が今ひどく冷静でいることを意識した。心臓が鎖骨のあたりまでせり上がってきたような痞《つか》えた感じはするが、気持ちは落ち着いている。

あたしは母親なんだ——。

急に雨脚のはっきりしてきた降りの中で自分に言い聞かせる。

十四年前のあの日はまだ七つだった。でも今は違う。あたしはもう母親なんだ。この子の、母親だ。夫もいる。あのときにはなかった、新しい家族がいる——。

しかし当時の清子も、劉生と優子、二人の子を持つ母だったのだ。そのことに思い至り、歩調は一瞬乱れたが、すぐに帰宅してからの手順に意識を集中した。

離乳食、おっぱいをすこし。お風呂、またおっぱい。それからねんね——。

声に出して言ってみる。優子の歩調はまた規則正しいものになった。

お風呂は慎《まこと》さんに頼んで、そのあとのおっぱいは粉ミルクにして、それも頼んでしまおう。家に帰ったら一番に慎さんに電話を入れて、今夜は残業なしですぐ帰宅するように伝えなくては――。

優子はアパートを行き過ぎてしまった。慌てて引き返す。部屋に入ると聖を抱いたまま思わず玄関にしゃがみこんだ。お風呂、おっぱいすこし、それからねんね――もう一度口に出して言ってみる。油淋鶏《ユーリンチー》をベビーカーに忘れてきてしまった。

むずかる聖のおしめを替え、寝間着に着替えさせ、冷蔵庫に用意していた離乳食をレンジで温める。いつもはあれこれ話しかけながら食べさせるのだが、優子は黙って息子の小さな口にスプーンを運んだ。食べ終えた赤ん坊の口まわりを濡れたガーゼで拭ってやりながら、唇だけの動きで「だいじょうぶだからね」と話しかける。

ベビーベッドに赤ん坊を寝かせてようやく、帰宅したら一番にするつもりでいたことをした。慎の携帯に電話をかける。呼び出し音が十回鳴ったところで電話を切った。そこで初めて、どう夫に伝えようかと思案した。事実をありのままに言う以外ないのだが、それでも途方に暮れてしまう。慎は新しい家族だ。古い家族ではない。古い家族が抱えているもののために、慎の両親から結婚を反対された。お腹に聖がいたから最後は折れてくれたが、優子は結婚が決まったとき、義父母が忌避したものを絶対に新しい生活には持ち込むまい、と自分に誓った。その禁を破らなくてはならない。

ふいに、死んだばかりの母親へ怒りが込み上げてきた。

電話が鳴り始めた。優子は考えをまとめられないまま受話器を取った。

「なんだ?」

のんびりした夫の声がした。

「あのね、今夜は残業とか、する?」

「うん、二時間の残業届を出してるけど。なんで?」

「それ、取り消して。早く帰ってきて」

「どうして? なにかあったのか?」

優子は大きく息を吸い込むと、ほとんど叫ぶように言い放った。

「おかあさんが自殺したの!」

しばらくの沈黙のあと、いつ、と押し殺した声がした。優子は涙声で、さっき、と声をすぼめた。

「いったい、どうして」

「……」

「どうして、また――」

「……」

「聖はどうしてる？」

「ごはん食べて、ベッドにいる」

「そうか」夫の安堵が受話器から伝わってきた。優子は唇を噛んだ。

「おかあさん、今日は珍しく仕事を休んだんだって。それでおとうさんが昼過ぎに、お米の配達のついでに家に寄ったら…そうしたら…」

「落ち着けよ。な。すぐ帰るから。そのまま聖のそばで待ってろ」

電話を終えると、優子は激しく嗚咽した。呼応するように聖もまた泣き出した。

どうして、という慎の言葉が、優子の中で幾層もの木霊になる。

どうして、などと訊くのか……古い家族は誰も、そんな言葉はけっして口にはしまい。

でも、どうして……一年近く頑張ってきたというのに、どうして今頃になって――。

優子の頬が一気に火照った。聖も顔を真っ赤にして、小さな拳を肩の脇で震わせながら全身で泣いている。優子はベビーベッドへ駆け寄ると聖を抱き上げ、ごめんなさい、ごめんなさい、と、赤ん坊にではなく、離れた場所で冷たくなっている母親に向かって、喘ぐように詫び続けた。

劉生　―春―

先導して前を歩いていた親父が、ふいに歩道を逸れ、広いパーキングエリアへ入っていった。俺と優子を振り向きもせず、大きなえび茶色の建物へ向かって歩いていく。東京では見かけない名前のホームセンターだ。まだ午前九時をまわったところだが、駐車場にはもう何台も車が停まっていた。

二重扉になった入り口を入ると、名産品や地酒の並んだ一角だった。目の前の棚に、見慣れた縦長の菓子箱が山型に積まれている。難しい名前のついた薄い煎餅で、読み方はとうに忘れた。親父は月に一度、必ずこの煎餅を手土産に買って帰った。おばあちゃんが一番喜んで食べていた。十五枚入り、五百四十円か。つまりここは親父が帰り道に必ず寄る場所というわけだ。そこに行きに寄ったのは、お腹の大きい優子を気遣ってのことだろう。

双子でも入っているのでは、というくらいお腹のせり出した優子は、つわりの時期こそなまっちろい顔がひしゃげたようになっていたが、それを過ぎると嘘のように元気になり、今日は朝からピクニック気分で燥《はしゃ》いでいる。歩幅が狭くペンギンのように歩くのは、せり出したお腹で足元が見えないせいだ。一昨日降った雪がまだ路肩や日陰に残っている。俺は優子がこけそうになったときの用心のため、駅からずっと妹の背後にくっついて歩いてきた。

片道一・五キロ。このペースだと三十分以上かかるだろう。親父は駅前でタクシーに乗ろうとしたが「あたし歩けるもん、たくさん歩いた方がいいって、お医者さんも言ってるもん、ジョギングしてる人もいるんだよ」と強情を張る優子に負けて、行きだけ歩くことに決めた。「ジョギングする妊婦なんて見たことねえや」と俺は妹の頭を軽くはたいたが、歩きながら考えたことは、どんなに悪天候の日でも、親父はこの道を徒歩で通ったんだろうな、ということだった。

煎餅の山の奥に飲食コーナーのような場所があった。テーブル席が二つだけ、あとカウンターに電子レンジと製茶機がのっている。案の定、親父がテーブルを指さして座れという素振りをした。「時間はだいじょうぶなの?」という優子の問いを聞き流して、奥の食料品売り場へずんずん歩いていく。まさか食い物を持ってくるんじゃないだろうな、朝飯食ったのに午前九時半にまた食事かよと思ったが、飯を食ったのはまだ外が暗い五時前で、コーヒーにコッペパンだけだったから、正直、俺は腹が減っていた。優子は家でなにを食ってきたのか知らないが、俺よりもっと腹を空かせていることだろう。このところ一日五食は平らげると、誇ったように腹を突き出して言っていたから。

親父が買ってきたのは二人前の冷凍たこ焼きだった。手慣れた様子でそれを電子レンジに放り込む。お十時ね、と、誰の影響か気取った言い方をした妹を内心嗤《わら》いながら、俺は時間を気にして一気に平らげた。食べ終えて隣の紙皿を見ると、俺より先になくなっている。親父はまったく手を付けなかった。右足の貧乏揺すりで、煙草を我慢しているのがわかった。

「なにか飲むか?」忘れ物に気づいたように親父が立ち上がりかけると、優子が、いい、いいい、と掌で制して、さっさとセルフサービスのお茶を取りに行く。身体の動きが妊娠前よりもきびきびしている。「月々のものが来なくなって、なんかすっごく調子いいんだよ。できることならこのままずっと妊娠していたいくらい」と列車の中で言っていたのは本当なのかもしれない。「お前は足手まといだから今日はついてくるな」と俺が止めたから、強がりを言っているのだとばかり思っていた。しかしいくら体調がいいといっても、駅からここまでまだ十分しか歩いていない。ということは、まだたっぷりと二十分は歩かなくてはならない。「あいつ大丈夫かな」と親父に囁いたら「なーに、途中で往生したら地元のタクシーを呼ぶから」と鷹揚な答えが返ってきた。

三人で熱いほうじ茶を飲むと、俺たちはまた親父、優子、俺、という順番で一列になって歩き始めた。

ホームセンターを出て国道をしばらく行く。次第に民家がまばらになり、運送会社や大きな倉庫が畑地のところどころに建つだけの退屈極まりない風景になっていった。周囲を見渡すと呆れるほど木というものがない。豊かな自然も人で賑わう場所も、ちょっと休憩する日陰もない、吹きっさらしの、なんとも殺伐とした眺めだ。今日は5月初旬の暖かさになると天気予報で言っていたが、ほんの二日前は寒さで震え上がった。そのせいでつい薄手のダウンジャケットを羽織ってきてしまった。こうして歩いていると、脇の下が汗ばんで気持ちが悪い。たこ焼きを食うまでは饒舌だった優子が、足元に視線を落として黙々と歩いている。緊張してきたのだろう。いや、朝家を出たときからずっと緊張しているはずだ。それを誤魔化す空元気も失せてしまうほど、緊張が臨界点に達したということか。

無理もない。十三年ぶりの親子対面なのだ。

お袋と別れたとき俺は十三だったが、優子はまだ小学校に上がったばかりだった。七つで突然母親を奪われて——当時の状況を考えると、奪われた、という言い方しか浮かばない——妹はひと月あまり、夜布団に入ると決まって泣いた。しかし、母親の欠けた家庭に馴染むのは俺よりはるかに早かった。俺たちはかたちだけ田舎に住む母方の祖母の養子となり、姓が変わった。母方の祖母はお袋が親父と結婚したあと離婚したから、俺たちの今の苗字はお袋の旧姓ではない。優子は新しい姓になると、入学して間のない小学校を転校した。親父は心配していたが、そこで辛い目は見なかったように思う。苛めに遭うもなにも、小学校一年生だ。幼さゆえに、妹は俺よりもはるかにいろいろなことから守られていたのだろう。そして、俺よりはるかにお袋の記憶は薄いはずだ。五十前の、正真正銘の中年女になっているお袋を見ても、人に言われなければ自分の親だとはわからないに違いない。

しかし優子のことだ。いざご対面となったら、あとは泣くだけだろう。大きなお腹をして中学生みたいにおいおい泣き、それで通過儀礼は無事終了というわけだ。親父もほっとするに違いない。

これからまた家族として暮らしていくのだから、その前に一度会っておいた方がいいだろう、と言い出したのは親父だった。なにより、お袋の方で会おうという決心がついたから、こうして三人揃ってやってきたわけなのだが……。お袋はずっと、俺と優子に会うことを頑なに拒んできた。お袋の母親と親父だけが会うことができた。お袋の代わりに俺と優子の面倒を見てくれたおばあちゃんは――親父の母親のことだが――とうとう一度も会いに行かないまま五年前に乳癌で逝ってしまった。

まあ、実の娘じゃないんだし、おばあちゃんはお袋を心底恨んでいたようだから、それで正解だったのだ。

初めの五年間ほど、お袋はしきりに離縁を口にしていたらしい。しかし親父は頑として受け付けなかった。気持ちがほぐれてようやく親父の意向に添うような態度を見せ始めたのは、ここ三、四年のことらしい。お袋の中でどんな心境の変化があったのか知らないが、離縁云々は所詮、戯言《たわごと》だったのだろう。世の現実がだんだんと迫ってきて、いよいよ決断が必要になったとき、恥ずかしげもなく真っ正直になった、というところではないのか。なんの庇護もなく独りでやっていくことなど、もともと本気で考えてなどいなかったのだ。

お袋、と俺は呼ぶ。昔からそうだったわけではない。子供の頃はかあさんと呼んでいた。しかしいつの頃からか、家族の前であの女のことを、お袋、と呼ぶようになった。かあさん、とはもう絶対に呼ばなかった。俺の中で、十三の年まで一日に何度も口にしていた〈かあさん〉は、もういない。

これから会いに行く相手は、俺の記憶の中の母親ではない。歳月が経った、ということを言っているのではない。歳月なんて関係ない。〈かあさん〉はある時点でワープして、べつの人間になった、俺はそう考えている。

親父にはまだ話していないが、お袋が戻ってくるまでに家を出るつもりでいる。王子駅の近くにもうアパートを見つけてある。いっしょに住む予定の女が、今月から住み始めている。今日電車を四回も乗り継いでこの土地へやってきたのは、なんというか、そう、好奇心といったら一番近いかもしれない。あの事件を扱った書物をすべて読んで——すべてといってもほんの四、五冊だが——俺の中にひとつの像《イメージ》が形づくられた。いつしかそれは、俺の記憶の中の母親よりも存在感を持つようになっていった。その像と、これから会いに行く生身の人間とを比べてみたい。言わば検証作業のようなもので、それ以上でも以下でもない。

優子が急に立ち止まった。身体が左へ傾《かし》ぐ。片足にだけ重心を預けて、低くうめき声を洩らした。俺は咄嗟に後ろから妹の背中を支えた。「どうした?」と声をかけると、親父が足を止めて振り返った。優子は右足の踵をぐいっと突き出して「攣《つ》っちゃったよ、攣っちゃったよ」と顔をしかめながら、腕をふくらはぎの方へ伸ばそうとする。もちろんお腹が邪魔をして届かない。周囲には腰かけるところなどどこにもないから、親父と俺で優子の両脇を支え、道路の縁石にゆっくりと座らせた。優子の右足は突っ張らかったままだ。親父が靴を脱がせ足首を持って、「こうか？　こうか？」とゆっくりと動かす。「そんなことするとかえって痛いよ」などと憎まれ口を叩きながらも、妹は次第に落ち着いてきた。「ちょっと、お前、足を擦《さす》ってやれ」と親父は俺に言い、立ち上がってポケットから携帯を取り出した。

タクシーを呼ぶ親父の声を聞きながら、優子はついに両手で顔を覆った。

泣くのは向こうに着いてからだろ。早いんだよ、まだ。いい年しやがって。

俺はパンパンに張ったふくらはぎを揉みしだきながら心の中で妹へ悪態をついた。本当に、子供の頃からすぐ泣く奴だった。嬉しくても悲しくても、気まり悪くても泣いた。こんなんであとふた月もしないうちに母親になるんだから信じられない。ま、産むだけなら資格がなくても産めるからな、と思うと、これから会いにいく女のことが急に心の中で生々しく存在を増していくような気がして、思わず「うるさいんだよ、ピーピー泣くな！」と妹を叱りつけた。

タクシーは呆れるほどすぐにやってきた。まるで俺たちの動向を遠くで監視していて、それ出動、とやってきたような早さだった。近くにタクシー会社の車庫でもあるんだろう。

　車に乗り込んでものの数分で、それらしき塀が畑地越しに見えてきた。大人の背丈ほどの金網が伸び、その内側に数メートルの緩衝地帯を設けて、金属板を打ち付けたようなそう高くもない塀が続いている。塀の向こうに幾棟かの低層の建物が見える。田舎とはいえ、ずいぶんと贅沢な敷地の使い方だ。

　ふいに、十年ほど前、小菅駅のホームから東京拘置所のビルを仰ぎ見たときのことが蘇った。

　その近未来の要塞のような建物は、圧倒的なスケールで十五の俺を打ちのめした。悪いことをした奴らがなんでこんなすげぇビルに住めるんだ？　第一印象はそれだった。俺が十三の歳まで家族四人で住んでいたのは、首都高の高架下、築四十年経つ四階建て賃貸マンションの２Ｋだった。目の前の誇らしげにそびえ立つ建物は、てっぺんにＵＦＯのような白い円盤がのっていて、周囲を巡ると中央の塔から放射状に幾棟かのビルが伸びているのがわかった。今思い返せばパノプティコンの近未来型、という印象だが、歩きながら全容がわかってくると、その複雑な威容に怯えに近い感情を抱いた。おそらく、人間を徹底して効率的に管理することを第一目的に設計された姿が、そう感じさせたのだろう。その建物のどこにも、もうお袋はいないことはわかっていたが、いやわかっていたからこそ、安心して俺は出かけて行ったのだった。もちろん、家族には内緒だった。拘置所の敷地の周囲をうろついているとき、無性になにか食いたくなって、歩いていればコンビニでもあるだろうと期待していたのだが、行けどもけどもコンビニにも食い物屋にも行き当たらなくてまいった。小菅の駅に戻って売店であんパンを買い、三口で平らげたのを覚えている。中学を卒業して高校へ入学する春休みのことだった。中高一貫校だったから、中学卒業後の春休みでもクラブ活動があり、さんざん身体を動かした後でめちゃくちゃ腹が減っていたのだ。

タクシーの後部座席に俺と並んで座っている優子が、今まで泣いていたことも忘れたように金属板の塀にじっと見入っている。俺は自分の脈が強く搏《う》っているのを感じた。それが癪に触って「意外と塀が低いな、高圧電流でも流れてたりして」と声に出した。優子が咎めるような視線を向けてくる。「それにしてもすいぶん広いなぁ、税金だろ、ぜんぶこれ」と視線を跳ね返す。助手席に座っている親父は俺の言葉を素直に受け止めて「ああ、女性用では全国で一番大きいな、ここは」と他も見てきたようなことを言う。

正面玄関にタクシーが停まった。そこだけ塀は低くなっていて、日の丸が掲げてある奥の建物は、茶とピンクが混じったような柔らかな色合いだ。いかにも女の囚人がいるところ、という雰囲気がするのは俺の考えすぎか。親父は勝手知ったるといった様子で門衛に会釈すると、工場へ出社する工員のような足取りで敷地の中に入っていった。俺と優子もそれに従う。白い立て看板に面会待合所とあって、矢印がある。その下の植え込みの根方に、肥えた白猫が日向ぼっこをしていた。矢印の方へ進むと塀沿いに独立した小さな小屋があった。隣には庇だけ設けた喫煙所がある。そこに先客がいた。鮮やかなピンクの上着に同色のズボン、といった出で立ちの初老の女が、足を投げ出してベンチに惚《ほう》けたように腰かけている。大きなつばの帽子は、完璧な日除けになっていた。

親父が「ちょっと手続きしてくるから」と奥の建物の方へ歩いて行った。俺と優子はなんとなく取り残された気分になり、女を避けて薄暗い小屋の中に入った。

外の陽だまりと小屋の中とでは、まるで気温が違う。寒々とした小屋の中のベンチにもう一匹、白猫が背中を丸めていた。こっちもそうとうのデブ猫だ。「なんだかめちゃくちゃのどかだなぁ」と今度は素直に口にすると、優子がへんに落ち着き払った顔つきで、口元だけ歪めて小さく笑った。俺の緊張を感じ取って小ばかにしている嗤いに見えてしまい、腹が立ってきた。

優子は結婚して所帯を持ってからこっち、ときどきふっと真意を測りかねるような表情をするときがある。娘から女になったのだ、と考えれば据わりがいいが、俺から見ればもう単純に腹立たしく、しかも少しばかり薄気味悪い。

俺と優子は猫を挟んでベンチに腰かけた。優子が頭をなでても猫はぴくりともしなかったが、俺が尻を突いたら、シュッと蛇みたいな声を出してベンチから飛び降り、小屋の外に出て行ってしまった。

「ね、あの人、キャディさんだね、きっと」

妹はいったい誰のことを言っているのか。

「どうみてもゴルフ場のキャディさんの格好じゃない」

　ああ、そうか、隣の喫煙所の婆さんのことか。俺は、というより俺たち一家は、ゴルフになどまるで縁がないが、そう言われてみればたしかにそんな格好だよなと納得した。妙に派手な色合いの上下も、帽子の後ろ側のつばが肩まで垂れてるのも、まさに妹の言う通りだ。女というのはこういうときにも、他人の服装の観察だけはしっかりとするものらしい。

「だけどキャディにしちゃ、年を取りすぎてないか？　六十は過ぎてるよ、どう見ても」と答えたときはもう妹は小屋の外を注視して、俺の言うことなど聞いちゃいない。

親父がこちらに戻ってくるのが見えた。

「十一時からだから」小屋に入るなり親父はいった。優子が眉を顰《ひそ》めて「三人いっしょに入れるの？」と訊いた。

　映画やテレビで見る面会室は、椅子を三つ並べても十分な広さがあるように見える。だが、実際はどうなのか。面会人の定員というのがあるのだろうか。親父は気の利かないところがあるが、定員も確かめずに俺たちを連れてくるようなことはいくらなんでもしないだろう。第一、手続きの書類に面会人の名前を書いたはずだから、それが受理された以上心配するには及ばない。優子の奴はバカなことを訊くな、と思ったが、じつは道中列車に揺られながら俺も同じことを考えていた。

「たいてい大丈夫だろう」

親父は妹の不安を今ひとつ払拭しない答え方をすると、上着のポケットから煙草を取り出した。

「喫煙所はあっちだよ」

妊婦の威厳をもって優子が指さす。親父は苦笑いしながら小屋から出て行った。そのとき初めて、十畳ほどの狭い小屋の隅に、でかい石油ストーブが鎮座しているのに気づいた。ひと月前に親父がここにやってきたときには、この狭い小屋の窓も戸も閉じられて、ストーブの炎が威勢よく燃えていたのだろう。

小屋の外で「ちょっと失礼します」という親父のよそゆきの声が聞こえた。今日の親父はなんであんなに落ち着き払っているのか。俺たちを連れて初めてここにやってきたというのに……。

落ち着いている振りをする、ということは、あの男に限ってはあり得ない。無意識が服を着て歩いてるような人間なのだ。呆れるのは、その無意識とタテマエとが、ほとんど誤差なく一致している点だ。というか、一致しているのはヘンじゃないかと疑問に思ったりしないところだ。バカ、と言ってしまえばそれまでだが、肉親である以上、そう達観もしていられない。

お袋はあの男といっしょになって苦しんだに違いない。犯行前のお袋はいわゆるノイローゼというやつで、何度も親父にSOSを出していたという。それを親父は一度も正面から受け止めようとはしなかった。家事まで手がつかない状態になっている相手に、一言、そんなこと気にするな、としか言わなかった。育ちざかりの子供が二人いて母親が家事を放棄すれば、家の中がどんな状態になるか、俺は知っている。親父だって知っている。なのに取り合わなかった。考えまいとしてもどうしても囚われてしまうから苦しんでいるのに、気にするな、だと。ただ、ストレスが昂じてお袋が俺に手を上げたときだけは、止めに入ったっけ……。

急に、どこからか幼い子の歓声が聞こえてきた。大勢いる。子供の声が聞こえるはずのない場所で聞こえる不思議に、俺と妹は顔を見合わせた。塀の外からではないような気がする。この小屋のすぐ裏側——。俺は小屋を出て声のする方を見た。白くこんもりと満開になっている雪柳の低い生垣の向こうは、緑に塗られた板塀だ。そのすぐ裏側に子供たちが大勢いるらしい。喫煙所の親父を振り返ると、キャディのばあさんと目があった。

「保育園だよ」大きなつばの下で朱色に塗られた唇が動いた。よく通る、無防備な濁《だみ》声《ごえ》だ。化粧がやけに濃いのは日焼け対策か。「女の刑務官さんにはママがけっこういるからね」女の説明に、隣で親父がうんうんと同意している。そうか、職住接近……いや、それとは違うか。「保育園だってよ」と今のやり取りが聞こえているはずの優子に声をかけると、小屋の中の優子は柔らかな表情でこくんと肯いた。かすかに笑みを浮かべて子供たちの声にじっと耳を傾けている。その顔はもう幼い子を持つ母親のように見えた。

俺たちは婆さんより早く呼ばれた。

刑務官に案内されているとき、初めて親父が落ち着かない様子を見せた。首から下は先を行く刑務官に素直に従っているのに、首から上はまるで道を見失ったかのようにあたりをきょろきょろ見回している。勝手が違う、といった顔だ。俺は急に不安になった。

悪い想像が浮かぶ。たとえばお袋は急病で、敷地内の医務室のベッドで身動きできなくなっているのではないか。だからいつもの面会室で会うことができず、親父は不審に思って戸惑っているのではないか。

すぐに、ばかばかしい、と考え直した。そうならば、面会申し込みのときにそうと知らされているだろう。

親父が手続きを取りに行った建物の脇をまわると、保育園を囲っていたのと同じ緑色の板塀があった。刑務官が塀の木戸を鍵を使って開ける。

いきなり、別世界がひらけた。

三方を建物に囲まれた、そう広くもない中庭の中央に桜の木が一本立っている。一昨日の雪に耐えて花は八分咲きだ。その下に四阿《あずまや》がある。地面は枯れ色にほわっと緑が兆した芝だ。よく手入れされている。日当たりがいいのか残雪はほとんど見当たらない。四阿の中は日陰になってよく見えないが、淡い空色の作業着――これが囚人服なのだろうか——を着た女がぽつんと座っていた。近寄って行っても、規則なのか女は立ち上がったりせず、背筋を伸ばしたまま身じろぎもしない。ただ俺たちの方をじっと見据えている。

こんなに小さな女だったか——。

しなびて黒ずんで、売れ残りのカマスの干物みたいじゃないか。まだ五十にはなっていないはずなのに、やけに白髪が目立つ。六十歳でも通るだろう。キャディの婆さんといい勝負だ。記憶にある母親とはべつの人間に会いに行くのだ、という気構えなど、まったく不要だった。これじゃ本当に別人だ。それにしてもなんでこんなに痩せこけているんだ？　刑務所の食事というのはそんなにひどいものなのか？　色白で下膨れ、ぽっちゃりとした体型だったはずだ。俺は家族のアルバムを開くことなどまったくないが、記憶の中のお袋の姿はそれほどぼやけちゃいない。これでは優子でなくても誰だかわからないだろう。

「連れてきたよ」

親父が声をかけると、女は無理につくった笑顔で、ありがとう、と言った。聞いたことのない声だった。

「びっくりしたな、こんなところで」

四阿の小さな天井を見上げ、親父は嬉しそうに言った。傍らの刑務官がなにか言いたそうな表情を浮かべ、しかしなにも言わない。

「今日はお昼ご飯のあと、花見会があるんです」

「ほう。ここで？」

「いいえ、もっと桜の木のたくさんあるところが河川敷の方にあるの」

「河川敷？　……外の？」

「ええ。釈前房の人たちだけで行くんです」

「ああ……雪で散ってしまわなくてよかったな」

「ええ」

「先週、お義母さんが来たって？」

「連絡ありました？　〈山の家〉がけっこう繁盛しているそうです。桜餅の季節になると特に忙しいっていうから、今月は来なくていいよって言ったんですけど」

「お義母さんは相変わらず達者だなぁ。いくつになったんだっけ」

「七十六ですよ。ここと駅との往復、歩きだって言ってました」

「へぇ、そりゃ元気だ」

「だって、畑までしばらく山を登るんだから。それが毎日だから。足腰はそりゃ丈夫になりますよ」

十年以上の歳月のあいだに、二人だけの小さな世界が出来上がっている。第三者が常に傍で聞いている、という特殊な状況の下で、再構築されてきた関係——。

昔は家でこんなふうに会話することなどなかった。親父の口から出てくる言葉はたいてい命令形で、お袋は陰気といえるほど寡黙だった。なにより生活は苦しく、お袋は家事と子育てと親父の仕事の手伝いで手一杯。その上優子を保育園に入れることができず近所の幼稚園に通わせていたため、人種の違う山の手の専業主婦たちと付き合わねばならず、子供の目にもいつも歯を食いしばっていたような印象がある。昔のことを思い出すと、今俺の目の前で交わされている会話が、浮世離れしたやり取りに聞こえてくる。女は俺と優子が四阿に入り、親父を挟んで腰かけてからこっち、一度も俺たち二人に視線を振らない。親父の膝あたりに目を落としたままだ。親父と会話を交わしながらも、声音は硬く、会話の内容とは裏腹にひどく緊張しているのが見て取れた。

「おかあさん、フォークリフトの資格取ったんだってね」

俺はぎょっとして優子を見た。驚いたのは俺だけじゃない。女も親父もびっくりしている。しばしのあいだ、四人の上に沈黙が落ちた。優子だけが平然としている。

「よく頑張ったよな、おかあさんも」

親父が戸惑いがちに沈黙を破った。女がほっとした表情になり、おずおずと優子に視線を移した。

「でも、一度じゃ受からなかったのよ。二度目でやっと」

「すごいね。おとうさんから聞いてびっくりした。男の人の仕事だと思ってたから」

親父がすこし腰を浮かして、優子と女と、三角形を描くように座り直した。つまり、俺に少し背を向けた。

「おかあさんはね、戻ってきてから働くっていうんだよ」

「え、そうなんだ」

「もう働き口も決まってる」

「どこ?」

「島田さんのとこ」

「え! 島田さん、承諾してくださったんですか?」

うつむいていた女が顔を上げた。

「ああ、ふたつ返事だったよ。待ってますと伝えるように言われた」

女は口元を歪めて焦点の定まらない目になった。喜んでいるのだ。なのに痛みに耐えているようにしか見えない。

島田というのは、きっと島田製本の社長のことだろう。俺たちの住む地域は小さな製本会社が多い。というか、多かった。今は数が減ったが、島田さんのところはけっこう規模の大きな会社だ。社長は会社近辺の地主でもあり、つまり山手線の内側に広い土地を持つお大尽《だいじん》で、貸ビルだの駐車場をいくつも所有している。親父が勤める米屋の得意先でもある。それに……たしか今は会長に退いている爺さんの方が、あの地区の保護司だったんじゃないか。たしか親父がそう言っていた。だからお袋を雇う気にもなったのだろう。

「おかあさんは即戦力になるよ。なにしろ資格を取ったんだから」

親父が自分のことのように胸を張った。女の顔がまた歪む。さっきは嬉しさから、今度は自分の話題はもういいといった羞恥から。歯痛でも我慢しているような表情だ。どんな感情を抱いてもこの顔か。ここでの歳月が、こうしてしまったのだ。

「今日はよく来たね。もうすぐでしょうに」

女が優子の腹に視線を置いて、話題を変えた。

「予定は四月の終わり。おかあさんが戻ってきてからだね。すっごく順調だよ」

さっき道端で優子が両手で顔を覆った、それと寸分違わぬ仕草で、女は顔を覆った。やはりＤＮＡは間違いなく複製されているのだ。俺たち三人は、女が肩を震わせるのをしばらくのあいだ黙って見ていた。

「なにもしてあげられなかった。娘が結婚するっていうのに……」

女は手で顔を覆ったまま、絞り出すような声を出した。ああ、ここで優子もいっしょに泣くな、と俺は少しばかり身構えたが、予想は見事に外れた。妹は第一声を発したときと同じ、涼しい顔で泣いている女を見つめている。俺の目には、口元だけで微笑んでいる妹がひどく薄情な女に見えた。ついさっき子供たちの歓声に耳を傾けていた微笑みとはまるで違う。

「おとうさんがちゃんとしてくれたよ。お友達もみんな参加してくれて、すっごくアットホームな式だった。写真見たでしょ?」

「とてもきれいだった」

「おにいちゃんは式に遅刻してきたけどね」

俺を会話に参加させるつもりでいるな。お前のペースには乗らないぞ。俺は妹を横目で睨んだ。

「今住んでるアパートは、おとうさんの家と近いの。慎さんの勤め先も地下鉄でふた駅だし。すっごく便利」

ふっと疑念がわく。

もしかしたら、優子の記憶の中のお袋というのは、俺が想像しているよりはるかに薄ぼんやりとしているのではないか……。

「つわりがひどいっておとうさんから聞いて、心配したのよ」

「うん、苦しかったけど、短い間だったから。慎さんがいろいろ協力してくれたし」

「病院、どこで産むの？」

風が頬に当たった。桜の花びらが落ちてきた。優子の唇がかすかに震えた。それが目に留まるほどの、奇妙な間が会話に生まれた。

「御茶ノ水で……」

そう、御茶ノ水駅の傍の大学付属病院だ。そこで優子は赤ん坊を産む。なぜいい淀むんだ？

「慎さんが付き添うっていうのよ。仕事休んでも付き添うって。そうまでしなくていいのに」

優子が慌てて付け足す。

そうか、お前は実家の人間には誰も立ち会ってほしくないのか。そういうことか。

しかしそんなことに後ろめたさを感じることはないだろう。当然じゃないか。お前の亭主だって向こうの親だって、新しい生命の誕生にこの女が立ち会うなど、真っ平ごめんだろう。それが真っ当な人間の感覚だ。

「今の若い人はそうなんだな」

親父と女は笑顔で肯き合っている。鈍感な奴らだ。

「鹿島さんにはまだ一銭も払ってないんだろ？」

俺の言葉でいきなり日が陰った。そうとしか思えない。明るい中庭が急に暗くなったから。皆が、四阿の傍らに立つ刑務官までもが、埴輪のような目と口になった。

「民事で決まった金額まるまる払うのは無理でも、毎月の報奨金くらい、全額鹿島さんに送れるだろ。たとえ数千円でも。そういうこと、なんでしないんだよ。そっちが必要なお金は親父に差し入れてもらえばいいじゃないか」

誰も口をきかない。

「そんなんでよく仮釈が決まったな。信じられねぇや」

誰かなんとか言え！

「親父だって、少しは送れないことないだろう。俺は家に毎月ずいぶん入れてるぜ。

なのになんで払おうとしないんだ？」

「そのことはね、おかあさんが戻ってきてから、二人でじっくり相談する。そのつもりでいるからおかあさんだって、戻ってすぐに働き始めるんじゃないか。今までは、お前たちを育てるのに精いっぱいだったが、これからは違う。二人でなんとかしていく。お前たちには関係のないことだ。今おとうさんが払ったら、お前のお金を使っていることになる。それはできない」

親父が妙に落ち着いた口調で理屈をいい出した。こんなことなら親父へ話題を振るんじゃなかった。問題はこの女の方だ。その気持ちがあるんだったら、わずかずつでも送ればいいじゃないか。なんでそれをしない？

「金持ちに慰謝料請求されて、癪なのかよ」

「おにいちゃん、なにもここでお金の話を言い出さなくっても」

「一番大事なことじゃないかよ。償う気持ちがあるなら、普通払うだろう。そういうことくらいしか、こっちにできることはないんだから。向こうは手紙を受け取るのだって拒絶してるし」

「そういうことはおにいちゃんとあたしがあれこれ考えることじゃないと思う。おとうさんとおかあさんに任せる以外にないと思う。それでいいんだと思う」

「それでいい？　どこがいいんだ。わかったような口をきくな」

「わかったようなこと言ってるのはおにいちゃんの方でしょ。他人があれこれ興味本位で書いたものを読んで、鵜呑みにしてそういうこと言ってるの、あたしちゃんと知ってるんだから」

「鵜呑みにしてだと？　漢字もろくに読めないくせに、ずいぶん偉そうな口をきくようになったな」

「やめないか！」

親父がとうとう怒った。女の方を見ると、泣いちゃいない。痛みを堪えている表情でもない。顔の筋肉を硬直させて、唇を引き結んでいる。そう、そう、この顔だ。俺が想像したとおりの顔だ。ある一線から向こうを考えまいとしている顔——俺がお袋の起こした事件を扱った本を読みながら、思い描いた顔そのものだ。おそらくお袋は公判中、終始こんな表情をしていたに違いない。判決を受けたときも、こんな顔だったろう。どんなにしおらしく悔悟の言葉を口にしても、本当の本当は、判断停止して考えようとしない。自省などとは無縁の顔だ。俺にはわかっている。

四阿を飛び出て木戸に向かった。背後から男の呼び止める声が聞こえた。無視して外に出ようとしたが、木戸は施錠されていて開かない。俺は自分が今どこにいるのかを身を以て実感した。

刑務官が歩いてきて「勝手な行動は慎んでくださいよ」と拍子抜けするほど穏やかな口調で言った。近くで相対すると、眉根に数本白髪のあるのがわかった。「帰るんだよ、ここ開けてくれよ」俺は木戸を拳固で叩いた。「お父さんと妹さん残して、帰っちゃうの？　せっかく遠くから来たんだから、もう少しお母さんと話していけばいいのに」いやに馴れ馴れしい口のきき方をする奴だ。俺が黙って突っ立っていると、男はわざとのようにゆっくりと木戸の錠を開けながら言った。

「門までは歩いてね。所内は走らないように」

木戸をくぐるとき後ろを振り返った。三人とも座ったままこっちを見ていた。

優子　―夏―

聖がまたタオルケットを蹴脱《けぬ》いでいる。手足のバタバタが最近はますます元気になってきた。おむつ替えのとき、ぷくぷくした小さな足裏に掌を当てて軽く押すと、ここぞとばかりに蹴り返してくる。その力が日増しに強くなる。バスタオルを赤ん坊のおなかの部分にだけかけてやった。

今日こそ佳香《かこ》さんという女性に会いにいこう。

きのう、夜の預かりもやっている無認可の保育園をのぞいてきた。想像していたよりもずっとよかった。職員は感じよかったし、部屋も広く明るく、なにより清潔だった。夕方数時間だけなのだから、ここならいいかも、とあたしはほっとした。まだ首も据わっていない赤ん坊を、馴染みのない場所に預けるのが不安だったのだ。

区でやっている駅前の一時預かりは、安いけれど夕方には終ってしまう。第一、一歳児からだからこれは問題外。三人の子を育てたお義母さんに預けるのが安心なのだけれど、なかなかうまい口実が思いつかない。クラス会があるので――というのはこの間使ったばかりだし。なにより困るのは、佳香さんを訪ねるのはウィークデイの、しかも日が暮れてからということ。慎さんの残業の日を狙うしかない。

あれこれ迷っているうちに、おにいちゃんが家出してからもうすぐ五ヵ月になる。でも、あたしだってその間ぐずぐずしていたわけじゃない。なにしろ激動の五ヵ月だったのだから。出産という一大事業をやり遂げたし、その後は細切れの睡眠しかとれない毎日だった。

でも、今日こそ佳香さんからおにいちゃんの居所を聞き出してこよう。

家族の誰にも告げず、おにいちゃんはおかあさんに会いにいった日の三日後に家出した。いや、家出と言ったら本人に叱られる。十代のガキじゃあるまいし、独立したと言え。おにいちゃんが勤める学習塾に電話を入れたらそう言われた。偉そうに。こちらの心配などどこ吹く風で、居場所は絶対に教えてくれなかった。ただ、頑固に居所を明かさないその態度に、あ、おにいちゃんはひとりじゃないな、とあたしは直感した。こういう勘はたいていてい当たっているのだ。

おとうさんは、緊急の連絡があるときは職場にすればいいのだから、ほっとけ、と言っている。おかあさんと二人の生活が始まったばかりで、そんなことにかまけている暇はないのだろう。なにより、おかあさんが戻ってくる前に出て行って、正直なところほっとしているに違いない。

あたしは最初の頃、おにいちゃんはきっと美津子さんの暮らすマンションに転がり込んだのだとばかり思っていた。大学時代に二人は恋人同士で、おにいちゃんはときどき美津子さんの部屋に泊まることがあった。おにいちゃんの口にする外泊の理由はほとんどが嘘で、本当は美津子さんといっしょだったのは、あたしにはちゃんとわかっていた。

美津子さんは大学二年のときに一年間、バンクーバーにあるブリティッシュコロンビア大学というところに留学した。その頃もう二人はデキていて、まるまる一年間会えずにいるというのは恋人同士には辛いことに違いなく、しょっちゅうメールのやり取りをしていたようだ。ときどき、手紙も来た。こちらの夏休みを利用してちょっとカナダにいる恋人に会いにいく、なんて学生生活はおにいちゃんとは無縁だったから、二人はさぞや淋しかったことだろう。

　まったく、おにいちゃんの大学時代は働きづめの四年間だった。ただラッキーなことに、最初から塾の講師として働けたから、夕方から時給千円で皿洗い、なんてバイトはしないですんだ。なにしろ、おにいちゃんは一族の突然変異なのだ。おとうさんの親戚、おかあさんの親戚、ずーっと見渡しても一流私大に入った人間など一人もいないのに、おにいちゃんは一番むつかしい国立大学に現役合格したのだから。

　生まれつき頭がよかった、というだけではこうはいかない。

　あたしたちが育ったのは近所に進学校がいくつかある文教地区で、教育熱心な親などわざわざ引っ越してくるほどだった。もちろん、あたしの両親がそこに移り住んだのは、子供の教育のためではない。跡取りのいない老舗の米屋に、川越の大きな米穀店で働いていたおとうさんがヘッドハンティングされたのだと、おにいちゃんから聞いている。周囲の教育熱心な母親たちに引きずられるように、おかあさんはおにいちゃんに、近所の国立大付属の小学校を受験させた。そこが全国指折りの進学校だなんて、おかあさんはよくわかっていなかったのではないかしら。幼稚園から塾通いをしていた子供たちを尻目に、おにいちゃんは合格した。その学校で高校まで過ごした。

おかあさんの事件が起こったとき、おとうさんは跡を継ぐはずだった米屋を解雇され、一家で地方都市に移住することを考えた。でも、母親代わりにいっしょに暮らすことになったおばあちゃんが、強固に反対した。おにいちゃんが転校するなど許さない、と頑張ったのだ。将来、今の学校に居続けて本当によかったと思うときが必ず来る。友達はみな今度の事件のことを知っているから劉生は辛いだろうけれど、男の子だから辛抱しなさい。同居を始めたばかりの家族に向かって、おばあちゃんはそう言い含めた。そこであたしたちは同じ区内のべつの地区に移り住むこととなった。車でほんの十分足らずの移動だったが、幸い大都会だ。ほんの少しの移動で周囲は知らない人ばかり、息を潜めて暮していればもう騒々しい人たちが家まで押しかけてくることはなかった。

おにいちゃんは死んだおばあちゃんに感謝しなくてはいけないと思う。育ちのいい優等生に囲まれていたから、あたしと違ってそれほどいじめには遭わなかったようだ。大学時代に高額のアルバイトに就けたのだって、進学校からいい大学へ進んだお蔭だ。

もっとも大企業や官公庁への就職は端から諦めていたらしく、大学を卒業するとおにいちゃんはアルバイト先にそのまま就職した。姓も変えているのだし、就活をしてみたらどうかという大学の先生やおとうさんの勧めを頑なに拒否したのは、落胆することが怖かったからだろう。もっと言ってしまえば、希望の会社に入れなかったときに、それをおかあさんのせいにしてしまうことが嫌だったのだ、きっと。おにいちゃんにとっては不本意な就職だったのかもしれないが、社会人になりたての頃にはもう、大学で同期だった人たちの初任給の1・5倍は稼いでいた。そこで、おにいちゃん、すごいね、と言ったら、ひどく怒られたことがある。生涯賃金で比べれば、俺なんか完全に負け組なんだぜ。お前はなんにもわかっちゃいない。凄い顔で睨まれた。

おにいちゃんはなんでも不満だらけだ。なまじっか頭がよく生まれてしまったものだから、自分に頼むところが大きくて、そのぶん落胆や悔しさも人一倍大きいのだろう。そう思うとかわいそうになる。美津子さんのような人と知り合えても、けっきょく諦めなくてはならなかったし……。

そう、美津子さんの話だった。

留学先から我が家へ届く手紙からはいつも同じ、かすかに抹香《まっこう》くさい、というとあまりいい香りではないような言い方だけれど、実際にはなんともいえない上品な香りがした。美津子さんは普段愛用している香水を手紙に数滴たらしていたのだ。おにいちゃんがその手紙に鼻を押し当てて、じっと目をつむっているところを見たことがある。外泊して帰ってきたときにおにいちゃんの身体からかすかに漂ってくる匂いと、それは同じだった。大人になってから、それがミツコというフランスの香水であることを知った。自分と同じ名前の香水を愛用するなんて、なんてステキなんだろう。会ったこともないのに、あたしは美津子さんにずっと憧れていた。美津子さんが大学卒業後、国際交流基金というところに就職したと聞いていたので、あたしは思い切って電話をかけてみた。

三度目の電話で連絡が取れ、良知劉生の妹ですがと名乗ると、

「まあ、優子ちゃん！」

一度も会ったことはないのに、懐かしむような声が受話器から聞こえてきた。

「優子ちゃんなのね！」

美津子さんは二回もわたしの名前を繰り返した。「電話をくれてありがとう」とも言った。用向きを考えると、その熱烈歓迎ぶりが面映ゆかった。しかし次に「劉生さんはお元気ですか」と、これはちょっと他人行儀な口調で訊かれ、あたしは即座に固まってしまった。

見当違いの相手に電話してしまったのだ！

考えてみれば、おにいちゃんが大学を卒業してからもう四年も経っているのだから、恋の賞味期限が切れていてもなにも驚くことはないだろう。いや、そのときのあたしは驚くというよりも、おにいちゃんを心底気の毒に思ったのだ。ああ、やっぱりダメだったんだね、と――。

美津子さんのおとうさんは外務省の、キャリアというのだそうだが、中国大使を務めたこともあるエリートで、つまり美津子さんは超お嬢様なのだ。そのことを初めて聞いたとき、話をするおにいちゃんの表情があんまり暗かったものだから、わたしは、へ、すごいじゃん、と言ったっきり黙り込んだ。おにいちゃんも不機嫌に口を閉ざした。

まあそれはともかく、美津子さんとの電話でわたしはしどろもどろになり、電話し

た理由をバカ正直に話してしまったのだ。ちょっとの沈黙のあと、美津子さんは急にサバサバした口調になり、

「そういうことならカコに訊いてみたらどうかしら」と言った。

「きっと、カコといっしょだと思うわ」

え？　おにいちゃんは過去といっしょ？　美津子さんとの思い出にひとりで浸っている？

「彼女の勤め先なら知っているから、電話してごらんなさい」

え、彼女？　あたしは混乱した。混乱しつつも、自分が相手にとても言いにくいことを喋らせていることがわかってきて、申し訳なさに電話口で赤面した。ただ救われたのは、最初に、まあ優子ちゃん、と言ったときの明るさを、美津子さんの声が失っていないことだった。もしかしたら美津子さんの中では、おにいちゃんのことはとうに整理がついているのかもしれない、とそのときのあたしは思った。

「ユニ2《ドゥ》というお店よ。銀座の七丁目、並木通りのビルの五階。たしか一階はテーラーになっていたわ。えーっと、ドヴステーラーだったかな……」

　ドブス……あたしは笑ってはいけないところで思わず吹き出した。でも銀座に店を構えているくらいだから有名なお店に違いない。貧乏人の無知の笑いだと、吹き出した直後に自己嫌悪に陥った。なんて優しいのだろう、美津子さんはあたしに付き合ってすこしだけいっしょに笑ってくれた。

「お店は七時始まりだけど、八時くらいまでお客さんは来ないそうだから、その間に電話してみるといいと思うわ。佳香の源氏名はセリナっていうの」

「え？　源氏？」

「お店での名前よ。電話番号は……ああ、去年の手帳を見ないとわからない……そうだ、優子ちゃん。もしよろしかったら、お昼ご飯でもいっしょにいかが？　私の勤め先は新宿だから、近くまで来てもらうことになるけれど、美味しいランチをご馳走するわ。優子ちゃんはまだ学生さんなのかな？　お昼の一時間くらい、だいじょうぶよね」

「はい、行きます、行きます」わたしは即答した。

　会う約束をして電話を切った後、なんの迷いもなく、聖はお義母さんに預けよう、中学のクラス会だと言って、と決めた。今思えば、ウィークデイの昼間にクラス会というのはあり得ない話だが、そこまで考えがまわらなかった。あたしの中には、おにいちゃんのことはちょっと脇に置いといて、美津子さんという女性に会ってみたい、という強い思いがあった。つまり、佳香さんを訪ねようと思うといろいろな困難が頭に浮かんでくるのは、あまり気が進まないからなのだろう。あたしはおにいちゃんの家出をそれほど切羽詰った問題としては考えていないのだ。

しかし、それは当然と言えば当然だ。十分に生活能力を持った二十六歳の男が実家を出たからといって、いったい誰が心配するだろう。妹のあたしくらいだ。あたしがなんとかおにいちゃんの居所を突き止めてどんな暮らしをしているのか知っておきたいと思うのは、おかあさんに会いに行ったときにキツイ言い方をしてしまった、それをずっと後悔しているからだ。あれ以来、おにいちゃんとはろくに口をきいていない――。

お義母さんには嘘の言い訳をしても、夫にはそうはいかない。慎さんは手掛かりが見つかったことを素直に喜んでくれて「しかし、劉生くんの元カノに会いに行くなんて、優子もモノ好きだなぁ」と肩を上下させて笑った。そんなふうに言われてみると、たしかにヘンだ。美津子さんがなにか特別にわたしに伝えたいことがあるとはとても思えないし、辛い別れ方をしたのだったら、元恋人の身内になどに会いたくはないだろう。

「なんで誘ってくれたのかしら」と訊くと、慎さんはうーんと、答えは用意しているのに気を持たせて、

「それはなんだ、きっとそのお姫様は劉生くんにまだ惚れてるんだよ」

自分がモテてるみたいに嬉しそうに言った。

「でも、だからってなんであたしと？」

「それはつまり、たとえ間接的にでもつながっていたいんだろう、劉生くんと」

「ふーん、そういうものなのかなぁ。あたしだったら、かえってみじめな気分になるけどな」

「しかし、もうひとりの彼女、現在形の方、最高学府を中退して風俗嬢っていうのは、またすごい変身だなぁ。昼のカタツムリから夜の蝶ってわけか」

慎さんのヘンな比喩を聞いてあたしはすこし白けた気分になった。ひとまわりも年

が離れていると、なにかの拍子に、わ、おじさん！　と思ってしまうことがある。だいたい、銀座のクラブのホステスさんって、風俗嬢とは違うんじゃないの？

結論から言うと、慎さんの美津子さんに対する推理は当たっていた。でもそれは、別れた恋人へのじめじめした執着などではなく、なんというか、ずーっと変わらずに続いている情熱、信念のようなものであって、あたしはちょっと空恐ろしくなったくらいだ。

美津子さんは大学のサークルで後輩だった佳香さんの勤めるクラブに訪ねて行って、劉生さんを返してほしい、と言ったそうだ。ランチコースの一品として出てきた北京ダックロールを上品にかじりながらそう告白した美津子さんには、究極のお嬢様の持つ人の思惑などまるで気にしない凄みのようなものがあって、あたしはすっかり気圧されてしまった。おにいちゃんはモノじゃないんだから、取られただの返せだのというのはおかしい、とちらっと思ったけれど、そんなリクツなどとても通用しないと、美津子さんを前にして感じた。

これを未練などと呼んではいけない。そこいらの男と女のありふれた感情といっしょにしてはいけない。フカヒレの入ったとびきり美味しいラーメン――ラーメンとは言わないんだろうな、あれは――を啜《すす》りながら、あたしは魔法をかけられたようになった。

美津子さんは、女優としてデビューする前の、まだブルネットの髪をもこもこパーマにしていた頃のマリリン・モンローに、顔だけ似ていた。色素が薄いのか髪も目も天然の茶色で、肌はボーンチャイナのようなこくのある白さだった。こんなに綺麗で上品でしかもとびきり頭のいい女性が、なんでまたおにいちゃんなんかを好きになったのだろう。たしかにおにいちゃんは身長が百八十センチを超える長身で、見てくれもまあまあだけど、困ったことに性格がよろしくない。あの捻くれ者のおにいちゃんと、こんな稀有といっていいほどピュアなハートのお嬢様と……まったく合点がいかない。しかもまかり間違ったら、美津子さんはあたしのお姉さんになっていたかもしれないのだ。そう思うと、夢のような気がする。いや、夢で終わったのだから、まさに夢そのものだ。

デザートの杏仁豆腐まできて初めて、美津子さんは顔を曇らせ伏し目がちになった。

「劉生さんの抱えているものを、わたしはちゃんと理解してあげられなかった……」

あ、話がそんな方へ行っちゃうの、なんだか困ったな、嫌だな――あたしは身構えた。どんなに美津子さんが頭がよくても、どんなにおにいちゃんに惚れていても、あたしたち兄弟のことはわかりっこない。あたしは誰に対してもそう思っている。意地悪してくる人、好奇心で近寄ってくる人、憐れむ人、親切な人、どんな人にもわかりっこない。慎さんに対してだって、あたしは内心そう思っている。でも、美津子さんは頭がよい上に洗練されているから、それ以上踏み込んでくることはなかった。

「佳香さんという人はどうして夜の仕事なんか始めたんですか?」

あたしが話題を変えると、美津子さんはちょっと険しい表情になって、

「おとうさんが自己破産したの。それで一家離散のようになったの。最初は昼も夜も働いていたけれど、身体が続かなくて収入の多い方一つに絞ったそうよ。劉生は……」

と、このときだけさんを省いて、

「佳香の不幸に惹かれたんだと思う。磁石の同じ極同士で引き合ったの。でも、それって本来不自然なことだと思うわ。劉生はちょっと自虐的なところがあるから。そうい

う関係はじき破綻するわ」

同じ極同士、という言い方にあたしはすこし引っかかった。たしかに、あたしたち兄弟も、優等生からホステスさんになった佳香さんも、美津子さんから見れば大きなマイナスを抱えた人生だろう。でも、そのときあたしはけっして嫌な感じはしなかった。この美しい人は、おにいちゃんの人となりも背負った運命も、全部まとめて受け入れようと努力したのだ。全部まとめて愛しているのだ。あたしのことだって、好きな人の妹だというだけで、親しみが溢れるような態度で接してくれる。

美津子さんは最後にジャスミンティーを飲みながら不思議なことを話した。

「ここ数ヵ月、仕事から帰るとき決まって同じ気持ちになるの。気持ちというより、気配といった方がぴったりくるかしら。駅から家まで、しばらく並木道が続いていて、そこは道の中央に歩道があるちょっと変わった通りなの。今仕事が忙しくて、帰りは深夜になることが多いわ。そこをね、自分の足音だけを聞きながら歩いていると、不思議な昂揚感に捉われるときがある。なんていうか、劉生をすごく身近に感じるっていうか……べつに思い出したり、懐かしんだりっていうことじゃないのよ。ぜんぜん違う」

あたしは相槌も打たずに話に聞き入った。思い出すとか懐かしむという言葉を、美津子さんは忌々しいことのように口にした。それから声を潜めて、

「予感……いえ、やっぱり気配ね。でも、気配っていうと、弱すぎるか……。とにかく、自分の中から出てくるものじゃないの。外からやってくるの。静かに、でもダイナミックに襲われる感じ。わたしたち、まだ終わっていない、また新たなかたちでめぐり合う、そのときが刻一刻と近づいている……。続いているのよ、地下水脈みたいに、ずーっと。それがまた地上へ吹き出しそうになっている。不思議なエネルギーがわたしに迫ってくるの。たしかなのよ。たしかに迫ってくるの。自分の力じゃ抗えないものが……そんなとき、優子ちゃんから電話をもらった」

美津子さんは、なにかのお徴《しるし》のようにあたしをまじまじと見つめた。

あのときの美津子さんの話を思い返すと、あたしの気持ちはひどく個人的な気分に染まってしまう……。

高校のとき、おにいちゃんの蔵書の一冊を盗み読んだことがあった。

家が狭いから本棚は共有で、そこに並んでいる本はおにいちゃんのものでも、大学の教科書とか大事な本でなければあたしも手に取ることがあった。しかしあたしが盗み読んだのは、そうした陽の当たる場所に並んでいた本ではない。おにいちゃんの勉強机の下、段ボール箱に入れられた本の中の一冊だった。そこには凶悪犯罪に関して書かれた本が何冊も隠してあった。どれも事件を取材したり裁判を傍聴したりして書かれた本だった。あたしはその箱を開けたとき、きっとこの中におかあさんの起こした事件に関する本があるはずだと、どきどきしながら探した。でも見つからなかった。代わりに手に取ったのは、殺人犯十数名に手紙や面会でインタビューしてまわった人の本だ。

その本を読んで不思議に思ったのは、インタビューに答えた人たちの何人かが――割合からいうと半数以上だった――人を殺す瞬間を、外からなにかにけしかけられたような感じ、と答えていたことだ。殺れ、と声がしたという人もいた。人がなにか恐ろしいことをするのは、そうせざるを得ない縁がその人にあるからなのだと昔の本で読んでいたあたしは、意外な感じがした。もう刑が確定している人たちだから、責任逃れで言っているのではないと思う。

インタビューに答えていたのは全員男の人だったけれど、本を読み終わってあたしが考えたのはおかあさんのことだった。おかあさんもまた同じように、どこかから襲ってきた邪悪な力に背中を押されて、あんな事件を起こしてしまったのだろうか。外からおかあさんを動かした力というのは、縁とか業とかいうものと同じものなのだろうか？　ただ言い換えただけなのか？……わたしにはそうは思えなかった。縁とか業とかいうものは、もっと陰湿に人をじっとりと内側から締め上げるような感じがして、魔の風が吹き抜けるような衝動とは、とても同じものとは思えない。自分の外側にある抗えない力に背中を押されるという考え方は、人を殺す縁があったという考えよりも、あたしには馴染みのいいものだった。

おかあさんは長い人生の大半を普通に生きてきたと思う。いえ、普通よりだいぶ地味だろう。伊豆半島の農家に生まれ、地元の高校を卒業して東京都内の専門学校に通った。そこで管理栄養士の資格を取って、都心の病院の厨房で献立をつくっていた。そこにお米を納入していたのがおとうさんというわけだ。結婚してからは専業主婦だったけれど、跡を継ぐ約束の老舗の米屋では奥さんが帳簿を預かっていたから、子育てしながら米屋の女房の仕事を覚えるのに大変だった。近所には有名な政治家の御屋敷や私立の学生寮、老人ホームなどがあって、どこもその店のお得意様だったのだ。おかあさんはものすごく忙しかったはずだ。なのにどうしてあたしたちを保育園に入れることができなかったのだろう。おにいちゃんもあたしも幼稚園に通った。そこは教育熱心な専業主婦が子供を通わせたがるようなところで、おかあさんは周囲のママ友の影響であたしたちの受験のことにも頭を悩ませるようになった。もしあたしたちが保育園に通っていたら、もっと身体が楽だったろうし、なにより小学校受験なんてことは頭の隅にも浮かばなかっただろう。あたしは幼くて、こうしたことはほとんどおにいちゃんから聞いたのだけれど、その頃のおかあさんの毎日がストレスの多いものだったのは、容易に想像がつく。

働き者で生真面目で辛抱強い、そんな普通の主婦に、どこからか吹いてきた魔の風が襲いかかった。それは人から正しく考える力を奪い、残酷な行為へと駆り立てる恐ろしい風だった。

でも、どうしてその風に吹かれたのが、あたしのおかあさんでなければならなかったのだろう！　どうして！

考え始めると、いつも足元から自分の身体がねっとりと溶けていって、終いには黒い地面に吸い込まれていくような心持がする。あとには汚い小さな水溜まりが残るだけだ。そうした感覚に襲われるときの無力感といったらない。そしてこの無力感は、きっとあたしだけのものだ。人を殺す縁とか、魔の風とか、とても人には話せない。相手がおにいちゃんだったら完璧にやり込められるだろうし、家族以外の人に話したら、眉を顰められるだろう。犯した罪は犯した人のものだということくらい、あたしだって頭ではわかっている。だから裁判があって、罪を犯した人は罰を受けるのだ。そんなことくらい、わかっている。わかってはいるけれど、それが自分の身内のこととなると、簡単には割り切れなくて、いろいろなことを考えてしまう……。

美津子さんの、自分の外からやってくるの、ダイナミックに襲われる感じ、といった言葉を家に帰ってから思い出したら、自分の奥深くに閉じ込めてあったあの無力感が蘇ってきた。興奮気味に話す美津子さんと、自分の身体の奥底に巣食う、どんな努力や前向きな気持ちも殺《そ》いでしまう無力感と、両極端のふたつのものを交互に眺めるようにして、あたしはしばらくのあいだぼんやりしていた。

まだ明るい空の東の方に、園児の折り紙細工のような白い月が掛かっている。そろそろ出かける時間だ。聖を抱っこひもで胸に抱いただけで、身体が汗ばんでくる。家を出たところで、まだ就学前の女の子が三人、浴衣姿で駆けていくのにすれ違った。もしかしたら今夜は近所で盆踊りがあるのかもしれない。ふと、回り道して島田製本を覗いてみようと思い立った。そろそろおかあさんが仕事を終える頃だ。

出産のときは慎さんが付き添い、退院後の三週間あまりは、夫の実家で過ごした。慎さんもその間だけは実家から会社に通った。あちらの両親には結婚を反対されたから、あたしには少し抵抗があったけれど、お義父さんもお義母さんもそうするのが当然という感じで温かく迎え入れてくれた。少なくとも表面上は、わだかまりは消えていて、二人とも初孫に夢中だった。家のことを手伝おうとすると、寝てなさい、寝てなさい、と言われた。滞在中、あたしの実家の話は一度も出なかった。

生後二ヵ月になって、あたしはようやく聖を実家に連れて行った。聖は機嫌が悪く、あたしの腕の中で激しく泣き続け、おかあさんはちょっと距離を置いて眩しそうに泣きやまない赤ん坊を眺めていた。あの日の夜、珍しく肩が張ってしまい、自分の肩から腕をもみしだきながら、聖を連れて実家に行ったら疲れちゃったわと零《こぼ》した。

あのときの慎さんの顔——忘れられない。感情を押し殺して硬直した頬の、小鼻の脇が痙攣するみたいに小さく震えた。それはぼんやりしていたら気づかないくらいの、わずかな頬の引きつりだったけれど、あたしにははっきりと見て取れた。

あれ以来、聖を連れて実家へは行っていない。

ほんの思い付きだったが、もしおかあさんが会社を出たところに行き合うことがあれば、道端で気軽な感じで、四ヵ月になった聖を見てもらうことができるだろうと思った。実家に見せに行ったときは六千グラムなかった聖が、きのう量ったら七千を超えていた。あやすとこちらをしっかり見据えて、にいっと慎さんそっくりに笑う。そんな様子をおかあさんにも見てもらいたい。

片側一車線の、狭いのに交通量の多い通りに面して島田製本はある。お隣は運送会社で、斜向かいはお巡りさんが滅多にいない交番だ。交番の机の上には電話があって、御用の方は110番してくださいというプレートが置かれているそうだ。先週実家に寄ったとき、おとうさんがその話をしたのは、きっと笑い話のつもりだったのだろうと今になって気づく。たしかに可笑しい。だけどあのときあたしは笑えなかった。おとうさんのことを無神経な男だと思った。

なんとなく電信柱に隠れるようにして島田製本を覗くと、おかあさんはまだ仕事中だった。白いヘルメットをかぶり、黄色いフォークリフトの運転席にいる。まだ新しいせいか、おかあさんの手入れがいいのか、白いヘルメットは西日を浴びて明るく輝いている。シャッターの上がった店の奥が仄暗いので、なおさらだ。ヘルメットが明るい分、その下のおかあさんの顔は黒く翳《かげ》っている。働くようになって日焼けしたのかもしれない。家に戻ってきたばかりの頃もすごく痩せていたけれど、頬がいっそうこけて、頬骨の下に影ができている。

大型トラックが停まるスペースにはたくさんの紙が積んであった。フォークリフトから突き出た二本の長いつめを、おかあさんは簀子《すのこ》のような板の下に慎重に差し込んで、大量の紙をゆっくりと持ち上げる。その顔があんまり真剣で険しいので、あたしは電信柱の陰から一歩を踏み出すことがためらわれた。たくさんの紙の束を持ち上げるのは機械の力なのに、眺めていると思わずこちらまで力んでしまう。運転席で操縦しているおかあさんも、操作レバーを動かしながら歯を食いしばるような表情になる。機械の向きを変え倉庫の奥にゆっくりと紙の束を降ろすときも、両肩は衣紋《えもん》かけのように持ち上がったままだ。

聖がぐずり始めた。これは大泣きになるなと覚悟したとたん、鼓膜に直撃するみたいな声で泣きだした。フォークリフトがゆっくりと回転して道路側を向いた。おかあさんがこちらに気づいた。ヘルメットの下で白い歯がのぞく。聖の背中をとんとんやりながら、おかあさんの乗る機械のところまで歩いていく。隠れていたところを見つけられたようなきまり悪さで、あたしはいっぱいの笑顔をつくった。

「お買いもの?」

運転席からおかあさんが訊いた。顔中から汗が噴き出ている。屋外といってもいいような場所での作業なのだから、ヘルメットをかぶっていたらさぞ暑いだろう。

「お友達に会いに行くの。慎さんは残業」

「赤ん坊もいっしょ?」

「うん。見たいから連れてきてって言われた。お夕飯もご馳走になってくる。ラッシュと反対方向だし」

聖が泣き続けるので、二人とも声を張り上げてしゃべる。

「でも、帰りは電車、混むんじゃない?」

「ああ、それはだいじょうぶ。帰りはお友達のご主人が車で送ってくれることになっているから」

準備していたわけではないのに嘘がすらすらと出てくる。

「そう。気をつけてね」

そう言いながらおかあさんはあたしの提げているバッグにちらりと目をやった。どきりとする。赤ん坊連れで出かけるには荷物が少なすぎる。替えのおむつやタオルは保育園に用意してあるので、あたしは身軽だった。

「おかあさん、今日は残業?」

「残業ってほどじゃないのよ。仕事が遅いから、今日のノルマがまだ済んでないだけ。

あと二十分もあれば終わるわ」

「無理しないでね」

ちりめん皺《じわ》をたくさんつくって、おかあさんは笑顔で頷いた。

それじゃ行ってくるね、と手を振って別れたあと、まっすぐに駅の方角へ歩いていく。聖を預ける保育所へ行くには派出所脇の路地へ入るのが近道なのだけれど、嘘をついた以上仕方ない。そんなことはないとは思いながら、あたしはおかあさんの視線が追いかけてくるような気がした。


一階は美津子さんが言ったとおり、紳士服のお店。細長いえんぴつビルを見上げると、中に入っているテナントの看板が縦にずらりと並んでいる。池袋や新宿でたいていの用は足りるので銀座などめったに出てこないが、あらかじめググってきたお蔭で、目的のビルへは迷わずにたどり着けた。「蝶」「MAYUKO」「菩提樹」なんていう中に、「ユニ2」という名を見つけたとたん、ああ、来ちゃった、と急に緊張してきた。

佳香さんは今日あたしが訪ねてくることを知らない。押しかけだ。電話で話をしたとき、いかにも迷惑そうに「劉生に怒られるからわたしからはなにも話せないわ」と言われた。「おにいちゃんといっしょに暮らしているのですか?」というぶしつけな質問には「元気にしているからなにも心配することはないわよ」と、答えになっているようないないような返事だった。美津子さんと違って、こちらに微塵も親しみを感じていないらしいのは電話だけで十分に伝わってきたけれど、あたしは佳香さんの声やしゃべり方が、とても艶やかで色っぽいのにどきりとした。声だけならこっちが勝ってるかも、なんて思ったくらいだ。

二人で暮らしている場所を聞き出したからといって、押しかけるつもりは毛頭ない。でも、兄弟二人だけなのだから、住んでいる場所くらい知っておきたい。そこのところを佳香さんにわかってもらわなければ――。

あたしは子供のころから、いや、正確に言えばおかあさんがある日突然いなくなってから、家族がちりぢりになるという恐怖を常に抱いてきたように思う。同じ夢によくうなされた。ノアの方舟みたいな大きな帆船にあたしたち一家と、パンダやナマケモノやテングザルなどがいっしょに乗っていて、大波に呑まれ船は転覆、みんな黄色い救命具をつけて海に浮かんでいる。てんでばらばらに。アフリカゾウまで巨大な救命具をつけて浮いている。あたしは小さいから腰くらいまで海の上に突き出ていて、手を万歳するみたいに揚げてひらひらさせながら、おかあさん、おとうさん、おにいちゃん、と必死に叫び続けるのだが、動物も人もどんどん遠ざかっていく——。

決まっておばあちゃんに揺り起こされた。高校生のとき、夢にうなされているときのお前の声って幼稚園児みたい、とおにいちゃんにからかわれた。あきれるのは、大人になってからもその夢の状況はなんの変化もなくて、相変わらず象は小さな島みたいに大海原に浮いているし、ナマケモノは犬かきで必死に泳いでいるのだ。

あたしのひどく個人的な不安感を、そのまま佳香さんにわかってもらうのは無理だろうけれど、おにいちゃんの居場所だけはどうしても聞き出したい。それができなければ聖を預けてまでやってきた甲斐がない。

ところで銀座のホステスさんって、開店ぎりぎりに出勤するのだろうか？　それとも控室のようなところがあって、開店前はそこで化粧など直しながら同僚とおしゃべりしたりしているのか？　正確な答えが返ってこないのは承知で昨夜慎さんに訊いてみたら、ちょっと上目づかいに虚空を睨み「キャバレーは控室があるが、銀座のクラブにはない」なんの根拠があってかきっぱりと答えた。

七時十分前に小さなエレベーターに乗り込み、えいやっと気合を入れて五階のボタンを押す。古いビルなのか空調が弱くて外よりも蒸し暑い。おまけに、やけにのろくさと上昇していく。

扉が開いたとたん、真向かいの壁の「クラブ蝶」という大きなプレートが目に飛び込んできた。黒地に白抜きの文字で、グランドピアノを象《かたど》った部分だけ銀色で、見るからに豪奢な感じがする。少し離れて男の人が立っているのはプレートの次に気づいた。店の看板よりも存在感のないその人は小柄でがっちりして、しかし奇妙な感じがした。ちゃんと仕立てのよさそうな上着を着ているのに、下半身は作業ズボンみたいなものを履き、膝まで届く黒い長靴を履いているのだ。いくらなんでも上下があまりにちぐはぐだ。背は小さいといっても百六十五センチはあるだろう。でもあたしは百七十三センチなので、どうしても見下ろす感じになる。男の人はあたしの頭から爪先、そしてまた頭へと遠慮なく視線を往復させて、「面接の子?」と馴れ馴れしく話しかけてきた。首を横に振る暇も与えず、「どの店?」とたたみかけてくる。ユニ2ですと答えた。とたんに男の両目に明かりが灯った。右手奥の方へ歩いていき、クラブ蝶の観音開きの扉から比べるとだいぶ見劣りする木製のドアを、拳で乱暴にたたく。

「マスター、マスター、モデルみたいな若い子が面接にきたよ」

ドアはすぐ開いた。現れたのは、長靴の男よりもっと小さい蝶ネクタイの銀髪の老人だ。「あれ、若日那、もう来たの?」と言いながら視線はこっちに向いている。

「客にもう来たのはないだろう。六時四十五分からここにいるよ。開店時間を律儀に守ってあげてるんじゃないの。ほら、モデルさん、入って、入って」

男がドアを押さえたまま手招きするので、あたしは銀髪の老人に用向きを伝えることもせず誘われるまま店の中に入った。

縦に細長い小さな店だ。窓がない。冷房が効きすぎている。カウンターやボックス席にくつろいでいた五、六人のホステスさんたちが、形状記憶合金のようにいきなり背筋を伸ばし、あらぁ、と声を合わせた。皆いっせいに立ち上がる。小さな男を取り囲むようにして奥の席へ塊で移動していった。

あたしは銀髪の老人に「セリナさんを訪ねてきたんですが」と早口で伝えたが、マスターと呼ばれた老人は棚のウィスキィのボトルを手に取ると、こちらを振り向きもせずに「セリナ、お客さん」と奥へ声をかけた。そっけない応対だったが、迷惑がられている様子はない。それどころか、小さな保温器からおしぼりを二本取り出し、一本をあたしのすぐ前のカウンターに置いて、なにか飲んでなさい、と言ってくれた。

カウンターに座って、お水でいいですと言ったのに出てきたカンパリソーダを飲んでいると、若旦那を取り囲んでいる女の人の一人がこちらを向いて立ち上がった。真っ赤なキャミソールタイプのドレスを着た大柄な、といってもあたしよりは数センチ背の低いように見える女の人が、大股にこちらへ歩いてくる。肩で風切るというより、腰で風を切るような歩き方。顔のつくりが派手なうえに化粧が濃いので、パッと目にはすごい美人に見える。だが近づいてくると、顔中にそばかすが散らばっているのが濃いファンデを通してもわかった。鼻が高いのか低いのか、目が大きいのか小さいのか判断のつかない不思議な美貌で、目付きに剣がある。まったく、おにいちゃんの女性の好みって間口が広すぎない？　などと思いながらあたしはスツールから降りて佳香さんに深々とお辞儀をした。

「ごめんなさい」

「ったく、しょうがないわねぇ」声は怒っていない。

じつは昨夜店に電話を入れて、今日尋ねてもいいか訊いたのだ。佳香さんはそれは困ると言下に拒絶し、それではおにいちゃんの住所を、と頼むと、これも教えてくれなかった。それで電話口では大人しく引き下がった。電話をしたのは、今日佳香さんが出勤するかどうかの確認だったので、しおらしく電話を切ったという次第。あたしはいつからこんな奸計《かんけい》深くなったのだろう。

「早い時間ならお客さんはいないと思ってたのに、本当にすみません」

「ああ、いいのよ。若旦那は特別なの。昼の三時には仕事終わっちゃう人だから。それにわたしのお客じゃないしね」

意外に屈託のない話し方であたしに座るように促すと、自分も隣に座り、長い手を伸ばした。

「ちょっと、あそこの神林さんのバランタインで一杯作って」

バーテンの男性に命令する。こういうお店は経営者の次に偉いのはホステスさんなのだろうか。佳香さんの身体からは意外なことに香水の匂いがまったくしなかった。正面から見たのより横顔の方がずっといい。これもまた意外なことだが、こんなに色っぽいのに、なんだか男の人といるみたいな感じがした。

「あの、あたし保育所に子供を預けていて、あんまり時間がないので単刀直入にお願いするのですが……」

「何時に迎えに行くって言ってあるの？」

「え？」

「何時にお迎え？」

「ええっと、遅くとも八時半までには必ず迎えに行くって言ってあります」

「お住まいは劉生の実家の近く？」

「ええ、歩ける距離です」

「だったらそんなに急ぐことないじゃないの」

長い脚を組み替えて、佳香さんはロックグラスを手に取った。

「ミックスナッツも頂戴、若旦那の付けでいいから」

「はい」

ああ、なんと気持ちいいまでに主従のはっきりした世界！　あたしも一度でいいからこんなふうに低い声で男の人に命令してみたい。佳香さんは貧乏ゆすりをしながら黙っている。貧乏ゆすりがこんなにかっこよく見えるなんて。

「あのぅ、兄といっしょに暮らしてらっしゃるのでしょう？　住所だけでも教えていただけませんか？　あたし、訪ねていったりは絶対にしません。でも、大きな地震とかきたとき、やっぱり身内の居場所がわからないというのはとても不安なんです。ひとつ、お願いします」

「あれぇ、セリナがママの代わりに面接？」

いきなり背後で男の声がしたので、あたしはびっくりして振り返った。若旦那が笑顔で立っている。

「この子はね、ヤンママなの」

「へぇ、もう子供がいるんだ。いくつ？」

「まだ四ヵ月なんです、すみません」なんであやまるのかわからないけれど、あたしは若旦那に頭を下げた。

「四ヵ月！　いいじゃないか！　うん、そりゃ上等だ。セリナ、雇ってあげなよ。昔っから、女は初産のあとが一番具合がいいって言うぜ」

あたしの肩にまわしかけた若旦那の腕を、佳香さんがやんわりと振り払った。

「だめよ、この子、昼間の世界の人。わたしを訪ねてきただけ」

「へぇ、普通の奥さん……もしかしてセリナの妹？」

とたんに、佳香さんを見つめる若旦那の顔が笑顔のまま硬直した。数秒の沈黙の後、

「ンなわけないよな、ごめん。ごめん」

さっさとトイレの方へ退散していく。いったいどうしたのだろう。佳香さんへ視線を移すと、表情が一変している。というより、表情が飛んでしまっている。あたしは見てはいけないものを見たような気がして、カンパリソーダの長いグラスに視線を落とした。佳香さんは押し黙ったままだ。と、いきなりロックグラスの下になっていた紙のコースターを取り、裏返した。カウンターの上のボールペンを手に取って走り書

きする。書いているのは、住所だ！　やった！　とあたしは心の中で叫んだ。

「はい、これ」

「ありがとうございます！　さっきも言ったように……」

「もうすぐ出ていくからね、劉生は」

「え？」

「わたしが追い出すの。あいつ、女がいるみたい」

「……」

「美津子さんじゃないわよ」勘の鋭い人だ。

「彼女はもうすっかり過去の人だもの」

「それじゃ、誰なんですか？」

「知らないわよ。訊く気もないし。とにかく、出て行ってもらうことにしたの。だからこの住所には、せいぜい今月いっぱいくらいしか劉生はいないわ。引っ越し先は……たぶん教えてくれないだろうな」にやりと笑う。

無駄足だったわけだ。あたしは渡されたコースターを見た。北区王子……行ったことがない街だけれど、これからも行くことはないだろう。おにいちゃんは今度はどこへ引っ越すというのだろう。次の女のところへか。これじゃ女から女へ渡り歩くドンファンじゃないか。

「わたしの妹はね、五年前に殺されたの」

「え？」

「うちはね、殺人事件の被害者遺族なの」

思わず肩がいかる。佳香さんの表情が一変したように、今のあたしも人から見るといきなり鎧を着たみたいに見えるのだろうか……。

「高校二年生だったのよ。背はあなたくらいで、姉のわたしが見ても、本当に可愛い子だった。自宅まであと数十メートルってところで、車の中に引きずり込まれて、多摩川の河川敷まで連れて行かれたの。そこでレイプされたあと殺された」

この人はなんでいきなりこんな話を始めたのだろう。

「妹は河川敷の草むらの上で土下座して、どうぞ命だけは助けてくださいって犯人にお願いしたんだって。うちは父子家庭で、お父さんとお姉さんがいる。自分がここで死んだら、二人がどんなに悲しむか想像もつかない。誰にも言わない、あなたたちのことは絶対秘密にしておくから、どうか命だけは助けてくださいって」

カウンターの中の若い男の人は表情ひとつ変えない。レーズンバターを輪切りにするその手つきに、あたしはじっと見入った。

「でも犯人は許してくれなかった。妹に顔を見られたから。車の窓ガラスをたたき割る、金槌みたいなレスキューグッズあるでしょ。あのとがった方で、犯人は土下座したままの妹の頭を叩いたの。力いっぱい。何度も何度も。頭蓋骨が割れて脳漿《のうしょう》が飛び散るまで」

ポッキーを出してシャンパングラスに立てている。七本ずつ。ラッキーセブンで七本なのかな？

「検死で肺の方にまで河川敷の細かい土が見つかったから、妹は最初の一撃で絶命したわけじゃなかったのよね。犯人は三人で、裁判では誰が凶器を振り下ろしたのか、お互いに罪をなすり合っていたわ」

それからミックスナッツ。なーんだ、銀座のクラブっていっても、おつまみはそこいらのスナックと違わないじゃない。

「父は、最初は気丈に振る舞っていた。気が狂ったみたいに泣いていたわたしをしっかり抱きとめてくれて。でも、裁判の傍聴席で妹がどうやって殺されたか男たちが話すのを聞いて、おかしくなった。だんだんと、心が壊れていった。しまいには働くことができなくなって、うちは事業をやっていたから、会社を手放さなくてはならなくなった」

ステンレスのバットに大粒の牡蠣が入っている。鉄製のミニパンを火にかけ、オリーブオイルで最初にニンニクと鷹の爪を炒めて……アヒージョを作るんだ。美味しそう。

「あなたのおかあさんに赤ん坊を殺された奥さん、今だに引きこもりがちだって知ってた?」

「え?」

あまりにストレートな言い方に心底びっくりして、あたしはまじまじと佳香さんの顔を見つめた。今のって現実?　一瞬疑った。

「そんなこと、あたし、知りません」

「事件から十数年経っているのに、今だにマスコミ恐怖症で、スーパーに買い物に行くのにも努力が必要らしいのよ。でも、もうひとり子供がいるから、しっかりしなくちゃって、無理に頑張っているんだって。それがまたストレスになっているらしい」

「どうしてそんなこと知っているんですか？」

「被害者遺族の会でいっしょなの、その奥さんの父親と。今年から会の理事をしているわ。知らないの？　そのお父さん、あなたと同じ区内の、老舗のシャッター会社の社長さんよ。事件の後は奥さん、実家の敷地内に別棟を建てて一家で住んでるわ」

「おにいちゃんにもその話、したんですか？」

「いいえ、劉生にはしていない。あの人、ああ見えて繊細だから」

「あたしは繊細じゃないっていうんですか！」

急に、店の奥の、若旦那のテーブルが静まり返った。あたしは相当大きな声を出してしまったらしい。

「あなたは劉生とは違うわね。ぜーんぜん、違うわ」

佳香さんは正面からあたしを睨んでいた。その視線はしっかりと焦点が合っているはずなのに、こちらの身体を刺し貫いてはるか彼方に及んでいるように見えた。あたしはスツールから立ち上がり、思いっきり佳香さんを睨みかえした。

こういうことなら得意だ。負けるもんか！

中学のとき、おかあさんのことで虐《いじ》めに遭った。でも、あたしは虐められっ子になることを敢然と拒否した。家族の誰もが、精神的にぎりぎりのところで生きていた。あたしには弱音を吐ける相手など誰もいなかった。家族に心配などかけたくない。そうであれば、もう強くなる以外にない。覚悟を決めればあとは簡単だ。虐めてくる連中は必ず群れている。だからひとりずつ引き剥がして集中砲火を浴びせる。仲間は誰も助けようとしない。その程度の絆でつながっている連中なのだ。それを繰り返していると、みな怖がってあたしに構わなくなった。普段はいばっているリーダー格の人間が集中砲火を浴びているメンバーを助けないことがわかると、グループ内に乱れが生じた。あたしは遠くで真面目に刑に服しているおかあさんを世の中から守るんだ、という意気込みで、そんな連中に屈しなかった。

今目の前にいる佳香さんは一匹狼ふうだし、あたしが闘った連中よりもはるかに頭のいい大人の女ではあるけれど、でも、負けてなんかいられない。思い出すのも辛いことを、なぜ無理やり人に話して聞かせるの？　自虐的なところはおにいちゃんにそっくり。でも、もっともっとねじくれている。女だから？　それともおにいちゃんと違って孤独だから？

「おにいちゃんがあなたのような人と別れることになって、本当によかった！　おにいちゃんのためによかった！　おにいちゃんはいつか美津子さんの許に戻ります。二人はそういう縁で結ばれているんです」

佳香さんの瞳がかすかに揺らいだ。あたしは手にしていた住所の書かれたコースターを投げつけてやりたい衝動に駆られたが、なぜかそれをしっかり握りしめたまま店を出ていった。

劉生 ―秋―

乳輪の大きな女は苦手だと思っていた。

高校のとき、友人から借りたアメリカのポルノビデオを見ていたら、あきれるほど乳輪の大きな女が出てきて、しかも俺の嫌いなロケット型のおっぱいで、どうしてもヌけなかった。相手の白人男の一物は、羨ましさも失せるほど巨大だったっけ。イレクトすると膝あたりまであり、でか過ぎて重力に逆らえずほとんど垂れたままなのだ。こういう男にやられると女は腹膜炎になる、と訳知り立てに語ったのはそのビデオを貸してくれた同級生で、今は外務省にいる。

「なぁに、まじまじ眺めちゃって。なにかくっついてる?」

肉が両脇に流れて平らになった胸を、松嶋先生は恥ずかしそうに肌掛け布団で覆った。

「二人の子を母乳で育てたでしょ。だから乳首がとび出たままになっちゃったの。出産前はわたしだって、普段は慎ましく引っ込んでたのよ」

見当違いの言い訳をかわいらしく感じ、俺は先生の手を払いのけて薄い布団を恥骨のあたりまで剥いだ。まだ唾液で濡れている乳首をもう一度口に含む。たしかに赤ん坊が吸うのにぴったりの大きさだ。優子の使ってる哺乳瓶の吸い口もこのくらいの大きさなんだろうか。いたずら半分に強く吸ってみたがなんの反応もないので顔を上げると、先生は窓の方へ首をねじり目を閉じて、口を真一文字に結んでいる。痛かったのか。ならそう言えばいいのに。ねじった首に幾本もの皺が寄っている。たまらなくなってそこを軽く噛んだ。今度は低い声が洩れた。四十女の首筋の皺を愛しいものに感じる自分が信じられない。下腹に指先を這わせて帝王切開の痕をなぞった。五年は経っているはずなのに、臍《へそ》の少し下から恥骨に掛けて一直線に伸びた手術跡の一部が、終わりかけの線香花火みたいに赤く膨らんでいる。自分はケロイド体質で傷口がなかなかきれいにならないのだと、初めて肌を合わせたときに先生は恥ずかしそうに言っていた。

美津子のシミひとつない腹には盲腸の手術痕があった。俺はそれがあまり好きではなかった。白磁《はくじ》の壺に一箇所だけ闕《か》けがあるようなもので、完璧なものの価値を減じる汚点に等しかった。しかし、今の俺にとって松嶋先生の身体というのは、完璧だの汚点だの、まるで関係がない。あと三、四年もすれば立派な二重顎になりそうな首筋の消えない皺も、腹の手術痕も、左の足裏にある大きなほくろも、すべてが松嶋先生を構成する大切な要素で、どのひとつが欠けても俺の松嶋先生ではなくなってしまうような気がするのだ。

そんな気持ちが厄介に思えてくるときもある。そんなときにはセックスの相性がいいことからくる、単純な執着心なのだと自分に言い聞かせてみる。だが効かないマジナイのようなものだ。日に日に、松嶋先生の後ろ髪を引っ張っているものを、この手で断ち切ってやりたいという想いが強くなっていくのだ。住んでいる場所がよくないのかもしれない。

先生の実家は賃貸併用住宅で、先生はこの正月からずっと実家で一人暮らしをしている。たまたま空いた一部屋に俺が越してきて、先生とは世帯は違ってもひとつ屋根の下に住むこととなった。夜が更けてから先生の方が俺の部屋へ忍んでくるのもわけないはなしだ。だが、逢瀬に気を遣わなくてすむようになった反面、俺は毎週末を苦々しい気持ちで過ごさなくてはならなくなった。先生が婚家を飛び出た当初は会うことが叶わなかった子供たちと、週末はいっしょに過ごせるようになったのだ。幸い土日は塾の仕事が入っているので、俺は昼間家を空けるが、日が落ちて帰宅すると、大家の住まいの窓灯りが気のせいか普段よりも明度を増している。去年の暮れから施設に入った認知症の父親も週末は泊まりにくることがあるから、一人暮らしの先生の部屋は土曜の夜だけ一気に賑やかになる。あの灯りの下、親子三代の団欒があるのかと思うと、自分の部屋に戻る気がしなくて来た道を引き返し、駅前で酒を飲むことがある。

八歳の娘と五歳の息子――。これが先生の後ろ髪を引いている。毎週末、子供たちはＤＶ夫の運転する車に乗って泊りがけでやってくる。いや、最初のうちは二人だったが、すぐに男の子だけになった。どうやら義父母が娘に、おかあさんはお前たちを捨てて出て行った、と言い含めたらしい。それで娘は八歳なりに考えるところがあったのだろう、自主的に会いに来なくなった……そんな話をするときの松嶋先生に、恨みがましさは微塵もない。

だって、本当にそのとおりだもの。捨てたことになるのだもの。子供たちには大人の事情なんて関係ないでしょう。

　松嶋先生はひたすら己を責める。そんな様子を間近で見ていると、俺は心底腹立たしくなる。一番責められるべきは、妻の身体に痕が残らないよう、残っても人から気づかれぬよう、狡猾に暴力を振るうあの猪首《いくび》の小男ではないか。そしてうすうす感づいてはいながら知らぬふりを決め込んで、いざとなると息子側に付く老獪な舅と姑ではないか。家を出た当初、先生は離婚を考えていたようだが、今はどうだろうか……。第二子出産を機に教職を辞めて専業主婦になったこと、実父は認知症で施設にいること、この春から再就職した学習塾の給料の額、そういったことを考えると、親権を争っても今のところ勝ち目はないらしい。先生は子供を諦めなければあの男と別れられないのだ。しかもここにきて、夫から帰ってこいという誘いを再三受けている。先週末は姑が乗り込んできた。私が若い頃のおじいちゃんの暴力はあんなものじゃなかった。息子のは暴力のうちに入らない。あんたは顔を腫らしたり、怪我をしたことはないだろう。辛抱が足りないのだ。子供を見捨てるなど、もっての外だ。私はおじいちゃんから性病までうつされて苦しんだ。そう言って先生を掻き口説いたという。

今、いったんは別れを決意した先生の心が揺らいでいる……。

「母親に見捨てられたって子供はちゃんと育つさ。俺がいい見本じゃないか。七つで母親が突然いなくなった妹だって、今は結婚して赤ん坊までいるぜ。普通に母親してるよ。だから、まずは自分の命を守ることが大切なんだ」

「命を守るなんて、大袈裟な」

「でも家を飛び出たときは限界だったたって言ったじゃないか！　精神的にも肉体的にも、限界だったたって！」

「ねえ、まだこんな薄い肌掛けで寝てるの？」

この話題になると先生は俺と議論しようとしない。家庭を持ったこともない若い男になにがわかるか、といった顔になる。俺も子供と張り合うような愚かな真似はしない。勝ち目がないのはわかっているから。

「面倒なんだよ、布団を買いに行くのが。フリースを着て寝てるから、まだこれで十分なんだ」

「布団ならうちに何枚も余っているから、持ってくるね」

「いいよ、そんなこと」

「ううん、持ってくる」

「いいよ」

「でも持ってくる。ただし真夜中にこっそりと」

「なんで？」


先生はすいっとベッドを抜け出て床のワンピースを羽織り、散らばった下着を素早く掻き集めた。洗面所の方へ歩いていく。俺の視線の届かないところで身支度を整えるのだ。布団を抜け出すときのこの素早い動きにはいつも感心させられる。余韻もなにもあったものではない。先生が抜け出た後の布団の中は、不思議にずっと俺ひとりで寝ていたみたいに、先生の存在の痕跡が認められない。つい今まで隣に寝ていたのだから温もりは残っているのだが、それがはたして先生の身体が残していったものなのかどうか、急に怪しくなってくるのだ。いったいどうしたわけだろう……。

「布団は夜中にこっそり運んだ方がいいわ。わたしより、やっぱり良知先生の方で取りに来て。嵩張るから、男の人の方がさっさと運べる」

身支度を終えた先生は俺のそばにやってきて、部屋には二人しかいないのに声を潜める。眉は丁寧に描き直しているが、口元は紅がはみ出たままだ。

「その眉、ちょっと濃すぎやしないか？　ヘンにまっすぐだし。太いし」

「恋をすると男のような眉になるのよ」

「なんだよそれ」

「そういうふうにうたった歌人がいたの」

「訳わかんねぇや」

思い詰めていたかと思うと軽口をたたく。不思議な人だ。下膨れの顔に太い眉。福笑いがうまくいったときみたいな顔になっている。

「ここ一週間くらいかな、近所で同じ顔を三回も見かけたわ。朝一回、日が落ちてから二回。一度はうちの玄関先で」

先生はさらに声を潜める。

「男？」

「ううん、女性よ。びしっとスーツ着て、黒いショルダーバッグを提げて、でも靴はスニーカー。逃げ足が早そうな感じ。この辺の人じゃないなってすぐわかったわ」

「いくつくらい？」

「わたしより若いな。三十代半ばってところかな。三度目に見かけたときは、かなり焦ったようだったわ、あ、見られちゃったって感じで。わたし、笑顔で挨拶してやった」

「バイトの探偵なんだろ、きっと」

顔を見合わせて笑ったが、そういう可能性も十分にありうるな、と薄ら寒い気分になる。先生とて同じだろう。

「布団、持ってこなくていいよ。俺、自分で買うから」

先生は決めかねたような表情で曖昧にうなずくと、カーテンを少し開けて下の通りを覗いた。俺の部屋の真下が大家のうちの玄関になっている。そこはちょうど細い私道の突き当りにあたり、表通りからこちらへ入ってくる以外、アパートに近づく方法はないから、えらく見通しがいい。

「誰もいない……みたい」

「今日はその女、現れないよ。いろよ、もうすこし」

腕を取ると、先生はベッドの端に浅く腰かけた。

「見つかったら見つかったでそのときだ、なんて思っちゃだめよ」

「わかってるよ、そんなことくらい」

見透かされている。先生はときどき俺に向かって、子供を諭《さと》すような言い方をする。たまには家に顔を出してあげなさい、ご両親、心配してるわよ。妹さんにだけでも居場所を知らせておいたら？　――等々。余計なお世話だ、などと答えると、俺の耳にも自分の発した言葉が子供の口答えのように聞こえてしまう。

「そう、優子ちゃん」

先生がふいに妹の名を口にした。

「いろいろ思い出したわ。ひとつ思い出すとね、芋づる式に次々と浮かんでくる……」

松嶋先生が塾に訪ねてきたとき、室長に代わって面接したのは俺だった。中学の古典教師を十年以上勤めた年上の女を前に、俺は臆《おく》し気味だった。加えて、差し出された履歴書の職歴を見て、俄かに緊張した。最後の行に妹の卒業した中学校の名前が記されていたのだ。とっさに年月を確かめ、妹の在学中とダブっていることを知った。

俺と妹の姓は、母方の祖母と同じ、良知という。東京で同姓の人間に出会ったことはまだ一度もない。珍しい苗字なのだ。

松嶋先生は俺の緊張を敏感に感じ取ったらしく、終始にこやかに接してくれて、面接はスムーズにいった。先生の方にもなにか事情がありげだったが、そのことを俺は室長に黙っていた。そして採用はすんなり決まった。

「優子ちゃん、中学三年でもう百七十近く身長があったじゃない。それにちょっとアグレッシブなところがあったから、とても目立ったの」

「優子が？　ウソだろ」

「ううん、そうだったわよ。わたしは担任じゃなかったから、密に接したわけじゃないけれど、優子ちゃん、上級生にだって一目置かれていた」

「まさか女番長張ってたんじゃないだろうな」

「まさか！　真面目な生徒だったわ。ただ、屈しないのよ。なんでも真正面から受け止めて視線を逸らさないっていうか……担任の先生は、いつも気を張り詰めていてかわいそうだって言っていたけれど、わたしはそうした見方にちょっと反発を感じたな。

だって、優子ちゃん、見ていて気持ちがよかったもの。担任じゃないから責任持たなくていいってこともあったけど、本当に強い子だなって感心していたの」

「信じられねぇや。家じゃあいつ、ピーピー泣いてばかりいたぜ」

「良知先生に甘えていたんじゃないの？」

俺たちは睦言《むつごと》でもお互いに先生と呼び合う。それにあまり違和を感じない。

俺の家族について、もしかして……、と触れてきたのは松嶋先生の方からだった。いずれ話そうと思っていたことなので、そのときはホッとした。考えてみれば俺は幼稚園から大学まで同じ区内で、そこに住み、そこで就職した。松嶋先生の婚家も同じ区内、こういう偶然もあるのだろう。中学校では教師たちは皆優子の、つまり俺たちの家の事情を知っていたらしい。お蔭で面倒くさい告白が省略できた。おまけに先生は、わたし、妹さんのこと知ってる！　とじつに嬉しそうに言ったのだ。

「優子ちゃんと、一度二人だけで話したことがあったわ。わたし、読書クラブの顧問をしていたの。放課後のクラブ活動が終わって職員室に戻る途中だったと思う、廊下で優子ちゃんに呼び止められた。当時はテニス部に所属していたみたい、白いスコートはいて、そこから長い太腿が遠慮もなしにニョキって伸びて、腕も足もすっかり日焼けして、なんの屈託もない中学生にしか見えなかった。先生ちょっと教えていただきたいことがあるんですがって……腰をこごめてもこっちを見下ろす感じだったけど、かわいかったなぁ。それでどんな質問だったと思う？」

「……」

「歎異抄《たんにしょう》。びっくりした。手にしているのはやさしい口語訳だったけど、今どきの中学生で、しかも体育会系で歎異抄だもの、いったいなんだろうって思ったわ」

「ウソだろ。あいつ、家ではファッション誌ばかり眺めてたぜ。買えもしない服を熱心に眺めてどうするんだって、言ったことがあるよ」

「ね、歎異抄の中に、親鸞が弟子に向かって千人殺してみよって言うところがあるの知ってる？　弟子の唯円が、そんなこと、浄土へ往生間違いなしとわかっていても、とてもできないと尻込みするの。親鸞はそれを受けて、できないのは心が善いからではないとぴしゃりと返す。逆に悪をなすのも、悪への意志があってなすものではない、というわけ。善行も悪行も、本来個人が自分の意志だけでするものじゃないってことなの」

「……」

「優子ちゃんはね、そこのところがどうもよくわからないってわたしに訊いてきたの。……本当に困ったわ。古文の文法や時代背景や、そういったことは教えることができても、浄土真宗の教えについてなにか言う資格、信仰を持たないわたしにはないもの。資格がないどころか、わたしにだってよく意味がわからない。咄嗟に、宿業《しゅくごう》ということに絡めて教師らしい説明をしてお茶を濁そうと思ったけれど、優子ちゃんの真剣な様子を見ていると、その場しのぎになにか言うことは許されないと思った。優子ちゃんの家庭の事情を知っていたから、なおさらだったわ。だから正直に、先生にもよくわからないって答えたの。そのとき、優子ちゃんの真剣なまなざしがふっと緩んだ。なーんだ、先生にもわかんないのかって」

「……」

「ねえ、良知先生。妹さんは妹さんなりに、お母様のことと真剣に向き合っていたんじゃないかしら。自分で納得できる答えが欲しかったんでしょう、きっと。その答えが得られたかどうかはわからないけれど、戻ってきたお母様を、覚悟を持って受け入れたのはたしかだわ」。

俺がベッドから立ち上がると、先生は話すのを止めた。きっと俺が気分を害したと思ったのだろう。

カーテンの隙間から表通りへと続く薄暗い私道を見る。誰もいない。

先生が見たという女は、本当に婚家の差し向けた人間なのだろうか？　だとしたら、いったいなにを探ろうとしているのか？　先生の暮らしぶり？　子供が毎週末やってくるのだから、おおよそのことは想像がつくはずだ。それとも男？　先生の男ならここにいる。

「俺がどんなときに自由を感じるか、わかる？」

松嶋先生は黙っている。

「俺はその気になれば悪いこともできる。思いっきり残忍にもなれる。そういう確信を持っている。こうしようと思えばなんの躊躇いもなくできるなって考えながら、あえてそれをしない。というか、気まぐれにそれをしない。そういうとき、俺はとてつもなく自由だと感じるんだ」

電信柱の陰から黒い人影が枝分かれした。女だ。

「こういう言葉で、相手は安心したり喜んだりするだろうな、と思うときがある。口にしようと思えば簡単にできる。でも口にしない。なにも意地が悪くて黙っているわけじゃない。逆に口にしたとして、けっして優しいからじゃない。そうすることに理由があれば、その理由に自分は縛られていることになる。そうじゃないんだ。ほんの気まぐれに、そうすることを選んだり、しないことを選んだりする」

女はいつから路地で張っていたのだろう。松嶋先生が玄関を出て、外廊下を二階へ上がっていくところを見ていたのだろうか。

「こいつ、殴ってやろうか、と思って、殴らない。でも俺は、自分が相手をやすやすと殴れることを知っている。同時に、殴らずに済ますことも簡単にできる。そんなとき、誰に向かってというのではないが、ざまぁみやがれって気分になるんだ。どちらかにするか、瞬間、瞬間で、すべて自分に委ねられている。なにか守るべき規範や良心の声があるわけじゃない。それが俺にとっての、最高の自由だよ」

女はロングブーツを履いている。あれは違うな。ロングブーツを履いた探偵というのはいないだろうな、きっと。着脱に時間がかかる靴、走れない靴を探偵事務所のスタッフが履くか？……いや、勝手に決めつけない方がいい。先入観は危険だ。第一、俺は今どきの興信所についてほとんどなにも知らない。人手不足で、主婦をパートで雇っているかもしれないじゃないか。家を飛び出して実家に出戻った人妻の身辺を探るくらいは、パートで十分だ。

「ことお母様に関しては、良知先生はその自由を謳歌できないのね、きっと」

思わず振り向いて松嶋先生を見た。先生は自分の裸足の足先を見つめて、足指をつかってグーとパーを繰り返している。ヨーガ歴の長い先生が足指を広げると、五本の指が均等に開く。ふと、面接で初めて会ったときの、先生の足首を思い出した。

夕方から雪になると予報が出たひどく寒い日の午後で、先生は肌色の厚地のタイツを履いていていた。腰回りで選ぶと長さが余るのか、タイツは足首で余って皺になっていた。色が思い出せないくらい地味なスーツを着た先生は、襟元からフリルの付いた白いブラウスを覗かせて、カメオというのだったっけ、女の横顔が白く浮き出た大きなブローチをしていた。俺はときどき先生の足首のタイツの皺に目をやりながら話をした。先生のいでたちは、箪笥《たんす》の上に飾られたまま飽きられ忘れられた、古ぼけた西洋人形を連想させた。頬が下膨れで目が大きいところも、人形に似ていた。しかし先生の口舌《こうぜつ》はまろやかで、いかにも機転が利きそうな黒目勝ちの目を伏せたり上げたりしながら、俺の質問に的確に答えていった。

あのときの松嶋先生の細いとは言えない足首を、俺は可愛らしいと思った。しかし今、指を開いたり縮めたりしている甲高の足は、鈍感でふてぶてしく見える。

「戻ってきたお母様を家族としてもう一度受け入れるという選択肢は、考えられなかったの？　やろうと思えば簡単にできる、でもしないってこと？」

よーし、賭けに出よう。俺は決心した。あの女が探偵か否か……。もし興信所の人間だったとして、それがどうした？　間男《まおとこ》する女房に向かって、戻ってこい、がぴたりと止むかもしれないじゃないか。それとも俺も先生も慰謝料を請求されるか？　そんなもの、踏み倒せばいい。あっちは普通のサラリーマン家庭だ。ちょっとばかり脅かす手段ならないわけじゃない。

「先生、もう戻った方がいいよ。表は今誰もいない。部屋を出ていくチャンスだぜ」

先生は足指の体操を止めると、考え込んだままの表情で窓辺の俺をしばらくのあいだ見据えた。それから勢いよく立ち上がり傍にやってきて、身体で俺を押しのけ外を見た。

「いるじゃないの！　あの人きっとそうよ」

先生はやにわに俺の頬をつねりあげた。「いるじゃないの、いるじゃないの」と繰り返しながら、みるみる目を潤ませていく……。

優子　―冬―

フィナーレで、舞台の上にいた人たち全員が客席に降りてきた。男の人は肩からけっこうな大きさの和太鼓をぶら下げて、女の人は鈴やチャンチキを鳴らして、もうちんどん屋さんが三十組くらい練り歩いているような賑やかさ！

隣のおかあさんが周囲の観客に釣られて手拍子をとっている。おかあさん、楽しそう。あたしの視線に気づいて手を止めてしまった。照れている。目を合わせ、二人で思いっきり笑顔になる。あたしが手拍子を再開すると、おかあさんも舞台の方へ向き直って、前より威勢よく手を叩き始めた。

ああ、来てよかった！

チケット代は区民割引で七掛けだったけれど、それでも二人分だから、我が家の家計を考えるとちょっと勇気のいる出費だった。師走に向けていろいろ買う予定のものもある。今日家を出るときも、聖を預けた慎さんに機嫌よく見送られたわけじゃない。

でも、思い切っておかあさんを誘って正解だった。

東京に戻ってからすぐに働き始めたおかあさんは、家とスーパーと仕事場を往復するだけの毎日だ。たまには夫婦二人で出かけるなんてこと、おとうさんは思いつかない。せいぜい近所の中華屋に餃子を食べに行くくらいだろう。でも女の人は、ちょっとよそゆきの服を着て、ちゃんとメークもして、パンプスを履き、自転車じゃなく電車で出かけることもたまには必要なのだ。もっともおかあさんは今日もノーメイクだけれど、足元はスリッポンでもサンダルでもない、黒いプレーンパンプスを履いている。

聖の六ヵ月検診の帰り、町内の掲示板に区営ホールで行われる公演のポスターが貼ってあった。巨大な和太鼓の前に、褌《ふんどし》姿の男の人が足を広げて踏ん張っている。バチを持った手を今まさに太鼓の腹に振り下ろそうとしているところ。その姿が目に飛び込んできたとたん、おかあさんと出かけるならこれしかない、とあたしは即決した。

おかあさんの郷里は伊豆半島の先端の方で、お盆の太鼓祭りが一番大きなお祭りだ。そのせいか太鼓の同好会がいくつもあり、おかあさんは中学・高校と太鼓クラブに所属していた。わたしはその冴えたばち捌《さば》きをはっきりと記憶している。幼稚園の年長組のときだったと思う。盆踊りの櫓《やぐら》の一番高いところに据えられた大きな和太鼓を、おかあさんは町内会の男の人たちに交じって交代で叩いた。女はおかあさんひとりだった。色白でふくよかなおかあさんの太鼓の音は、いなせな男の人のそれよりも力強く、歯切れがよく、小さな広場に鳴り響いた。あんまり高いところにおかあさんがいるものだから、小さなあたしは思いっきり背を仰《の》け反ってもその姿を見ることができず、踊りの輪の外でおとうさんに肩車された。そのときのおかあさんの写真が残っていて、あたしの記憶はそれを何度も繰り返し眺めることで培われたのかもしれないけれど、盆踊りの楽曲にのって同じリズムを繰り返す太鼓の音と、おとうさんに肩車されていたときの晴れがましいような気持ちは、ホンモノの記憶だと思う。

カーテンコールが終わり、クロークでコートを受け取って冷たい外気に頬を晒しても、あたしの耳の奥はぼわーんとなっていて夢見心地だ。きっとおかあさんも同じだろう。あたしたちは駅へ向かう観客と反対方向、区民ホールの隣にある市役所の高層ビルへ向かった。日曜の午後だから市役所はやっていないが、最上階の展望ラウンジとレストランだけは営業している。都心の高層ビルにあるレストランなんて高くてとてもおかあさんを誘えないが、この市役所ビルのレストランは庶民的な値段で、帰りはここで夕食をとると決めていた。来年からあたしは聖を保育所に預けて働くことになっている。すこし気が大きくなっているのかもしれない。

「優子、コース料理にしよう。おとうさんが食事代は自分が出すからって、今日は少し預かってきたのよ」

アラカルトメニューとにらめっこしていたあたしに、おかあさんが言った。

「やだ、今日の分はあたしのおごりだって言ったじゃない」

「いいから、おとうさんの気持ちだから。ね、この月替わりコースっていうの、どう？優子はイカが好きでしょ」

びっくりした。あたしってイカが好きだったんだ。今はそうでもない。

「肉と魚と、選べるんだね。じゃ、おかあさんはお肉の方にする？　ミニッツステーキだよ。いい？」

「いいわよ」

最初に出てきたコーンスープは明らかに冷凍品を温めたもので、値段を考えるとまあ仕方ないよなと思いながら飲んだ。塩辛い。ミキサーをつかって聖につくってあげる手製のスープの方がずっと美味しい。ところが次に運ばれてきたメインディッシュは、予想を裏切って豪華な盛り付けで、メニューの写真よりもずっと美味しそう、あたしは思わず歓声を上げた。ナッツ類の混じった衣で揚げた大きなイカフライが、ラタトゥイユの上に鎮座している。真っ白い大きなお皿の空いたところに黄色のソースで模様が描いてある。おかあさんの方はクレイビーソースの他に、緑色のソースが直線で二筋、お皿をすっと横切っていた。あたしの方にだけついているサフランライスを、おかあさんの皿に半分取り分ける。

「フォークとナイフ、優子のはちょっとかたちが違うのね」

「肉料理と魚料理だから、違うんじゃないかな」

すこし切ない気分になる。

「おかあさん、その緑色のソース、なぁに?」

「うーん……蓼の味がする」

「たで? なに、たでって」

「蓼食う虫も好き好き、の蓼」

「えぇ！」

　味見したら、とおかあさんがフォークとナイフを持った手を少し引っ込めたので、あたしはバターナイフで青緑色のソースをちょっとだけすくった。苦い。食欲をそそる苦さだ。これがたでの味なのかどうかは、食べたことがないのでわからない。

「おかあさん、自転車選ぶの、いっしょに行ってくれる？」

「え、もう買うの？　暮れには安くなるの？」

「うん。一月から働くから、通勤には便利だもの。年末セールのときに買っちゃおうと思って。聖を乗せるし、うちの近所は坂も多いし、電動アシストにするつもり。ちょっと贅沢かな」

　来年から地下鉄駅前の惣菜屋で働くことは実家にも報告していた。少し景気が上向いてきたせいか、意外にすんなり採用が決まった。時給も思ったより高い。事務仕事の方が楽だけれど、そういうことが苦手なあたしができることは知れている。その惣菜屋は惣菜を売るだけじゃなく作る仕事もある。料理は嫌いじゃない。立ちっぱなしできついだろうが、そこでいろいろ覚えて次の新しい仕事につなぐことができたら、などと考えている。

「聖はまだ自転車は早いわよ」

「うん。最初はベビーカーで頑張ってみる。保育所は駅に行く途中にあるし、なんとかなると思うよ。三月までの辛抱だもの。三月で聖、十一ヵ月だから」

「それは駄目よ、まだ早いわ」

おかあさんのこんなきっぱりとした口調、初めてだ。いや、昔はこんな調子であたしとおにいちゃんに話していたのかもしれない。

「でも、同じアパートのおかあさん、十ヵ月の女の子にヘルメットかぶせて、自転車のチャイルドシートに乗せてるよ。ちっちゃな手でちゃんと前の手すりにつかまって、その子、おとなしく座っているもの」

「駄目よ。首が据わって間もない子にヘルメットをかぶせるなんて」

「ううん、今、赤ちゃん用のかるーいやつ、あるの」

「大きな事故に遭わなくても、ちょっとぶつかったくらいの衝撃でも赤ん坊にはよくないの。段差のあるところも、大人が考えているよりもずっと赤ちゃんの頭には響くのよ。十一ヵ月はまだ早いわ。誕生日を過ぎるまで待ちなさい」

あたしは返事に詰まって目を伏せた。デザートのレモンタルトをフォークで崩す。口に運ばずに俯《うつむ》いたまま崩し続ける。目が潤んできた。顔を上げておかあさんの方を見ると泣いてしまいそうだったから、ウェイターの男の人がコーヒーを運んできても、ケーキに目を落とし続けた。

おにいちゃんもあたしも、こういう人に育てられたんだ……。

おにいちゃんは家族の過去が話題になると、事件のことしか言わない。まるであの事件から自分の人生が始まったとでもいうように。でも、それ以前にだっておにいちゃんの人生はあったはずだ。たった十三年間でも、それはゆったりと流れる子供の時間だったろう。その間ずっと、この生真面目で一所懸命な女の人に守られていたのだ。それがあたしよりも長いのが羨ましい。

あたしはほんの七年間だもの――。

でも、たった七年間でも、思い出はいくつも浮かんでくる。太鼓を打ち鳴らしていたおかあさんの颯爽とした姿。米屋の帳簿を家に持ち帰って、台所のテーブルで何度もそろばんを入れ直していた真剣な横顔。自転車で行くほどの距離でもない隣近所へは、十キロの米袋をおかあさんは肩に担いで届けに行った。首をちょこんと傾げ、片方の肩に荷を載せて運ぶのだ。でも、そんな力仕事、なぜおとうさんでなくおかあさんだったのだろう……。おとうさんは車で遠くに配達に行っていたのだ、きっと。

こうしてみると、あたしの思い浮かべるおかあさんの姿って、目が覚めた後、夢の中の人影を思い出している感じに似ている。本当にそれがおかあさんだったの？　そこにいたの？って訊かれたら、口ごもってしまう。それでも思い出は、たしかに思い出。自分勝手に捏造《ねつぞう》したわけじゃない。困るのはそんな記憶の中の姿と、目の前のおかあさんとが、うまく結びつかないことだ。

たとえば、おかあさんの漕ぐ自転車の、荷台に取り付けられたチャイルドシートに乗っていた記憶。丸みを帯びて温かい背中。でも、目の前のおかあさんは骨張った痩せ方をして、いかにも基礎体温が低そうな感じ――。

そう、幼稚園に通うのにいつも自転車だった。幼いあたしは、なんでうちだけ自転車なのって訊いた。たしかに訊いた。おかあさんはなんて答えたのだろう。

あたしの通っていた幼稚園はスクールバスがなかった。大人になってから知ったのだが、幼稚園の格付けで、スクールバスがあるかないかというのは、大事な要素のひとつなのだそうだ。もちろん、ない方が格上。ああバカバカしい。あたしの通っていた幼稚園のママさんたちはどうやって子供を送り迎えしていたのだろう。徒歩？　地下鉄やバスに乗って？　自家用車で？　ママちゃりの親は珍しかったからあたしはそんな質問をしたに違いない。子供を自転車に乗せて送り迎えするなんて、今のあたしの周囲ではなんでもない日常の風景なのに……おかあさん、さぞ答えに困っただろうな。

そういえば、おにいちゃんが小学校から高校まで通った学校の隣は国立大学で、その幼稚園では送り迎えのママさんたち、みんなよそ行きの格好だったそうだ。ワンマイルウェアのママさんもいなかったらしい。毎日のことなのに。ああ、バカみたい。

そういうあたしだっておバカさんだった。今わかったことだけれど、自分の想像していたおかあさんと現実のおかあさんと、一致しないって考え方自体がおかしいのだ、きっと。思いがけない発見があって、そういうことがいくつも積み重なって、あたしの方から本当のおかあさんに近づいていかなくちゃならないんだ。

タルトを食べ終えて顔を上げると、おかあさんが窓の方を見ていた。このビルは高層ビルの最上階で眺めがいい。でもおかあさんは暮れていく夜景ではなく、窓際に座る女性の二人連れを眺めていた。

三メートルほど先のテーブル席で、年の離れた二人の女性がメニューを広げていた。四十代半ばくらいの女の人と、二十歳そこそこの女の子。二人は一目で親子と知れた。あたしたちと同じ組み合わせだ。女の人は髪をシニョンにまとめて、スタンドカラーの白いブラウスの上に複雑な色合いのツイードのスーツを着ている。娘の方はバーバリチェックのワンピースを着て、染めていない長い髪をひとつに結わいている。二人ともじつに居住いが正しい。メニューを見るのにも、椅子の背に上体を預けてなどいない。

幼稚園で仲良しだった愛美《まなみ》ちゃんも、今ごろはきっとあんなふうなんだろうな、とあたしは娘の方を見て思った。もう子供を産んでしまったあたしと違って、愛美ちゃんはきっと大学生になっていて、まだまだ結婚前の娘さんらしい様子をしていることだろう。

ああ、かけっこが遅くて引っ込み思案だった愛美ちゃん。今頃どうしているだろう。そして遊びに行くといつもパンケーキを焼いてくれた優しいおばちゃん……。

視線を戻すとまだおかあさんは二人の方を眺めていた。知っている人なのだろうか。

「すっかり日が短くなったね。もう外は真っ暗」

声をかけると、おかあさんは急にびくりと上体を固くしてこちらを向いた。さっと頬に赤みが差す。

あたしはなぜか背筋がぞわりとした。もしかして、あの人、本当に愛美ちゃん？　一瞬そう思ったけれど、すぐに心の内で否定した。もしそうだとしたら、おかあさんはもっと動揺しているはずだ。あたしと愛美ちゃんは、今どこかで偶然行き会ってもお互いをそうだとはまず気づかないだろうけれど、おばちゃんとおかあさんは十四年ぶりだとしても気づかないわけがない。

おかあさんはコーヒーカップを手にして、ゆっくりと口に運んだ。デザートのワゴンから選んだチョコレートケーキを、レモンタルトを平らげてしまったあたしに半分分けてくれた。……愚かなことを考えてしまった。

レストランを出ていくとき、それでもあたしはなんとなくその場を逃げ出すような気分になって、気が急いた。向こうがこちらに気づいたらどうしよう、そんな考えが頭を掠《かす》めた。

帰り道、地下鉄の中でおかあさんもあたしも無言だった。

おかあさんはなにか物思いにふけっている様子をしている。もしかしたら滅多にない経験に疲れてしまっただけなのかもしれない。あたしの方は、先ほどの続きで愛美ちゃんのことを考えていた。

あたしたちはいつもいっしょだった。愛美ちゃんは早生まれのせいかほかの子より小さくて引っ込み思案、身体の大きなあたしは愛美ちゃんを虐める男の子を撃退したこともあった。二人は近所の国立大付属小学校をいっしょに受験し――ママさんたちが余所《よそ》行きで送り迎えする例の学校だ――愛美ちゃんは一次の籤《くじ》で、あたしは二次の面接で落ちた。これが逆だったら、愛美ちゃんはきっと合格していただろう。そうであったならどんなによかったことか！　二人とも受験に失敗したせいで、あたしたちは同じ区立小学校へ通うことになった。それがおかあさんには耐え難いことだったらしい。また母親同士の付き合いが、少なくとももう六年間続いていく……。おかあさんは愛美ちゃんの小さな可愛らしい弟の命を奪った。あのきれいな女の人は、それほどおかあさんに苦痛を与えていたのだろうか。……いけない。さっきのツイードのスーツの人をあたしは頭に浮かべている――。

地上に出てそれぞれの家に帰ろうとする段になって、あたしは今日はおかあさんともっといっしょにいたいと思った。そこでちょっと実家に寄ると言って、並んで歩き始めた。慎さんの不機嫌が目に見えるようだけれど、仕方ない。

「じつはね」足元より少し先の道路に視線を落としたままおかあさんが口を開いた。

「今日の午後、劉生が来ているはずなの」

「え！　おにいちゃん、戻ってきたの？」

「ううん、ちょっと寄るだけ。日曜日に珍しくおとうさん一人だから、その気になったのだと思う。なにか話があるみたい」

「そうなんだ。じゃ、いるかな？」

「もういないと思うわ。わたしが帰る時間、だいたいわかっているはずだから」

おかあさんの予想に反して、おにいちゃんは家にいた。おとうさんとおこたに入ってビールなんか飲んでいる。あたしはわざと大きな声で「おにいちゃん、おかえり。意外に早いご帰館で」と言ってやった。

おにいちゃんはあたしたちをまるで無視して、こちらに顔も向けない。おかあさんの方も心得ていて、茶の間の団欒には加わらず、おとうさんがそのままにしてある流しの洗いものを、エプロンをつけて片づけ始めた。

「いよいよ上場だよ、優子」上気した機嫌のいい顔で、おとうさんが言った。

「劉生の塾、三年後を目安に上場だって」

「えー、すごいじゃん」

「こいつ、なにがどうすごいか、ぜんぜんわかってない」

いつも不貞腐《ふてくさ》れているおにいちゃんも今夜に限って機嫌がいい。

「この少子化の時代に、すごいじゃん」

なにがおかしいのか、おとうさんとおにいちゃんが同時に吹き出した。

「今度の決算が終わって、来期から上場予定の会社を専門にみている公認会計士が顧問につく。もう社長も勝手気ままにお金を使えなくなるな。今期中にって思ったのか、ジェットヘリを買ったよ」

「え、ヘリコプター！　それって、億する？」

「もちろん。でもこれは箝口令《かんこうれい》が敷かれている。家計からなんとか捻出して塾の費用を払っている親たちのお金が、けっきょくヘリに化けたんだからな」

「ふーん……たしかにそうだよね」

「劉生は最年少の役員だぞ」

「えー、上場企業の役員！」

「違うよ。上場にあたって、教科書制作部門を独立させて別法人にするんだ。いずれそっちの方の役員にって社長に言われた。塾の講師と兼任だけどね」

「お前がアルバイトを始めたのは、まだ会社組織になったばかりの頃じゃないのか？」

「いや、もう三年経ってた」

「ということは、十年で急成長したわけか。すごいな、おまえの先輩は」

「個人指導と、少人数クラスとの併用がよかったみたいだな。一対一で教えることがなにも最上の指導方法とは限らないんだ。偏差値が同じくらいの生徒を集めた、少人数クラスで教える方が効率的な場合もある。うちを真似た塾もできたけど、うまくいってないみたいだな。個人指導とクラス指導との区分けに、うち独自のメソッドがあって、その比重は生徒各々で毎年見直す。なかなか真似のできるものじゃない。なにしろ生徒たちの個人情報が、他の塾とは比較にならないくらい詳しくファイリングしてあるんだ。そうしたシステム構築は、最初のころ俺が社長を手伝ったんだ」

あたしはさっきから、おにいちゃんの腕で存在感を、というか違和感を放っているロレックスが気になって仕方がない。本物だろうか？　おにいちゃんにはまるで似合わない。いくら会社の景気がいいからって、ちょっと気が大きくなり過ぎてやしない？

「偏差値が七十だからこの学校、七十五ならここが狙えるって、他の塾はそんなことしか言わない。学校も同じようなもんだ。でも、俺のところはそれだけじゃない。親の年収、最終学歴、定期購読している雑誌、アンケートの項目がそりゃ詳しいんだ。親金があってリベラルな考えの親なら、進路相談のとき選択肢を広げて提案する。うちは英語に特化したコースがあるから、海外の学校を選ぶ親もいる。今年は中学からスイスの全寮制の学校に入った子がいたよ。軽井沢にできたばかりのインターナショナルスクールを選んだ子もいた。年間五百万近くかかるんだけどね。社長が、なにしろそういったネットワークをしっかり持ってるんだ。あれはたいしたもんだ」

「おにいちゃん、それ、高かったでしょ」

「え？」話の腰を折られて、おにいちゃんは急に気難しい、いつもの顔に戻った。

「ああ、これは貰い物だよ」

「だって、ロレックスでしょ、それ。誰にもらったの？」

「俺の担当していた男の子が第一志望の私立高校に合格したんだ。で、親からプレゼントされた。禁止されてるんだけどね、父兄からの贈り物は。でも断れなかった」

「ロレックスじゃ、断れないよね」

「違うよ、ばか。父親がその筋のお偉いさんだから、無下に断れなかったんだ。おとなしく貰っておけって社長に言われた」

今まで上機嫌で話を聞いていたおとうさんが、急に真顔になった。

「おまえ、そんな人から高価なものを貰って、だいじょうぶなのか？」

おにいちゃんは、しょうがないなぁもう、といった顔で首を振った。

「まったく問題ないよ。どんな人間も、人の子の親でいるときにはそうそう悪いことはできないもんさ」

どきりとした。おにいちゃんのなにげない言葉が、あたしの心を激しく揺さぶった。

おとうさんは相変わらず不安そうな顔で腕時計を眺めている。おかあさんは……台所に目をやると、痩せて筋張った背中を見せて、洗ったお皿を一枚づつ丁寧にふきんで拭いている。おかあさんの胸中はあたしには皆目わからない。

あたしは台所へ立っていき、それとなくおかあさんに耳打ちした。

「おにいちゃん、今日はなんでやってきたんだろうね。まさか、上場報告じゃないでしょ」

「……たぶん、お金のことだと思う」

「お金？　おにいちゃん、十分足りてるでしょ」

「ううん、そうじゃなくて……わたしが働くようになって、家計の方は共働きで十分やっていけるけど、ほら、送金する分があるでしょ」

「ああ……」

「約束した額は無理だから、できる範囲内でやっているんだけど、劉生が、決まった通りに払えって……不足分は出すからって。そういう話を二人でしてたんだと思う。あとでおとうさんから詳しく聞いておくね」

おかあさんは手を休めずに低い声で答えた。おにいちゃんはまだそのことに拘っているのかと、ため息が漏れる。それは親の問題と割り切っているあたしの方が、もしかして情が薄いんだろうか？

あたしがもうそろそろと言うと、おにいちゃんもいっしょに立ち上がった。悪い予感がする。案の定、門を出たところで頭をごつんとやられた。

「よけいなこと、二度とすんなよ」

「え、なに？　なんのこと？」いちおう惚《とぼ》けてみる。

「店に行っただろ」

「……」

「人のことに無神経に首突っ込むなよ。おまえ、そんなに暇なのか。赤ん坊の面倒を見るのに飽きたのか」

「ねえ、おにいちゃん」

「なんだよ」

「今度の女の人、どんな人？」

おにいちゃんはいきなり足を止めて私を凝視すると、またすぐに歩き始めた。

「美津子さんのこと、もう嫌い？　美津子さん、まだおにいちゃんのこと好きだよ。たぶん、これからもずっと好きだと思う。おにいちゃんの運命の人だよ、きっと」

歩調が早まったのであたしは小走りになる。

「ねえ、おにいちゃん」

「うるせぇなぁ」

「おかあさんの事件の本、貸してくれる？」

「え？　……なんだよ、急に」

「今頃になって無性に読みたくなったの。もう本屋さんに並んでないでしょ。貸してくれる?」

「あんなもん、おまえは読まなくていいんだよ」

「あたし、読んで落ち込んだりしない。絶対にしない」

「家に帰ってきたお袋がいるだろ。それで十分じゃないか」

「おかあさんのこと、もっとよく知りたいの。少なくともおにいちゃんと同じくらい」

「おまえは亭主と赤ん坊のことだけ考えてりゃいいんだ」

「だって、知りたいんだもの」

　分かれ道まで来て、おにいちゃんはダウンコートのポケットに両手を突っ込んだまま、逃げ去るように駅の方へ歩いていった。あたしはその背中にしつこく「本、お願いね」と叫んだのだけれど、本当は「美津子さん、待っているからね」と言いたかったのだ。今度の女の人がどんな人であろうと、美津子さん以上の女性のわけがない。美津子さんはおにいちゃんを幸せにできる人だ。結婚に反対されたら親とも縁を切るだろう。おにいちゃんは美津子さんの許に戻るべきなのだ。

　あたしは夜道を急いだ。

またしばらくはおにいちゃんに会えない。それでもまぁ、これでひと安心だ。居所は相変わらずわからないけれど、今夜、なんとなく仲直りできたような気がする。負け組だと自嘲していたおにいちゃんに大逆転のチャンスが巡ってきたらしい。そのチャンスをものにして美津子さんともう一度やり直してほしいものだ。美津子さんをゲットする資格が、おにいちゃんにはちゃんとあるのだもの。おかあさんのことを、生きていく上で必要以上に手枷足枷にしないでほしい。

春——それぞれの、

松嶋先生にプロポーズしたのは、先生の本採用が決まった日の夜だった。

先生は四月の新学期から正社員になる。そうなると給料が上がる。ボーナスも出る。授業の枠が週七コマに増え、古典・国語のテキスト作成に参加するようになる。先生は経済的に十分に自立してやっていけるようになるのだ。勤め先がどうにかなる心配は今のところまったくない。それどころか塾は昇り竜のような勢いだ。おまけに先生は家賃やローンとは無縁だから、俺の収入と合わせれば、子供を引き取って四人で暮らすことも夢ではない。俺の方にその覚悟はできている――そういったことを並べて説得しようと考えていたのだが、口から出てきたのは「結婚してほしい」の一言だった。

「良知先生が四十歳になったとき、わたし幾つだと思う？　五十五だよ」

そう言って松嶋先生はだらしない笑顔になった。

「四十過ぎたらもう歳なんて関係ないよ」

「なに言ってるの。今どきの不惑の男って、めちゃくちゃ若いよ。それに比べて女の五十五って、更年期もそろそろ終わって中年から老年へって時期じゃない」

なにがおかしいのか先生は白い歯をみせたままだ。肝を抜かれた人間みたいにぐにゃぐにゃと笑っている。俺は腹が立ってきた。これがプロポーズされた女が浮かべる微笑みか？

つまり結婚する気はないってことか、と思わず詰め寄りそうになるのをぐっと堪えた。先生が容易《たやす》く承諾するはずがないのはわかっていたので、持久戦に持ち込むしかないと覚悟を決めていたのだ。それがよかった。そうでなければケンカ腰になっていただろう。

先生はようやく不埒な笑顔を引っ込めると、打ち沈んだ生真面目な表情になった。

「すこし考えさせてね」

そう、そうこなくちゃ。思惑どおりの展開。先生が最初に口にするのは、すこし考えさせてほしい、これしかないと思っていた。少なくとも今の時点での最良の答えだ。

こういうとき人間が口にする言葉のバリエーションは極端に貧しくなるらしい。

「べつに急がなくていいよ。気長に待っているからさ」

俺は用意していた言葉を、なるべく棒読みにならないよう、ゆっくりと口にした。

毎週末やってくる五歳の男の子。松嶋先生にそっくりだ。太い眉に大きな二重の目、丸っこいけど形のいい鼻。正月にやってきたとき初めて口をきいた。おっとりとした賢そうな子だった。独楽《こま》を持っていたので玄関先でいっしょに遊んだ。甥っ子の聖の顔を一向に見に行こうとしない俺が、その子を可愛らしいと思ったのは、松嶋先生に似ていたからだろうか。そのとき、ゆくゆくはこの子を松嶋先生が引取ることになっても俺は構わない、と思った。と、急に、自分の未来が具体的に拓けていくような気がした。いつだって今現在をどうにかこうにか生きてきた俺にとって、そんなことは初めての経験だった。

仕事も、私生活も、急に目の前が拓けていくような感じ——悪くないな。

俺は急に妹に本を貸してやる気になった。手元にある幾冊かのうちから二冊手に取り、さて、どちらにしようかと迷った。男の手によるものと、女の書いたものと。アプローチの仕方が違う。男の作家のものは、公判中のお袋の様子を他の本よりも具体的に、きめ細かに描いている。およそ同情的な筆致ではない。お袋は本当に反省しているのかと疑問を持ったのは、この本を読んだからだ。筆者は心療内科の医者で、お袋の生い立ちや結婚前に苦しんでいた拒食症、不眠症などを詳述している。よく取材したものだ。親父も知らないことだらけだろう。一方、女の方はルポライターで、受験を控えた母親たちの子育てや、親同士の付き合いなど、お袋の事件を社会一般の、子育て中の母親なら誰もがはまるかもしれない陥穽《かんせい》として捉えている。そして最後は「格差社会」というキーワードで、愚にもつかない凡庸な見解を付け足して終わり――。

どちらの本も、俺の育った地区の、教育熱心な母親たちの持つ独特の雰囲気は捉えきれていない。どだい、取材ではわかりようがないのだ。

彼女らはたしかに教育熱心だが、子供をどうしても慶応の幼稚舎へ、とか、青山の幼稚園へ、といった親たちとはいささか人種が違う。自身が高学歴で、厳しい受験戦争を経験している。そこそこに豊かだが生活ぶりは意外に倹しい。妻と同様高学歴の夫は、たいてい省庁の役人か大企業の会社員だ。高給取りでも所詮勤め人、いわゆる有産階級ではない。そして夫婦とほぼ同じレベルかそれ以上の子供を忠実に再生産して、社会に送り出していく——。じつはこういった連中が一番差別的なのだ。自分たちが価値あると思うものを絶対普遍だと信じている。あまり表には出さないが、そのエリート意識は強靭だ。俺は職業柄、こういった連中を好きだの嫌いだのとは言っていられない。社会の知的な部分に貢献できる、遺伝的に良質な人間を継続的に再生産する階層というのは、ある一定数、人間社会には必要なのだ。そういった階層が崩れてくると、その社会は次第に弱体化していく。彼らはけっしてラクして生きているわけじゃない。社会に出る前も後も、ずっと競争社会に身を置き続けて、ラクな人生のわけがない。だから差別的な意識というのは、頑固に無反省に持ち続けてもらった方がいいのだ。バカバカしくなって途中下車しないでいてくれた方が、世のため人のためというわけだ。本当は年収五百万も二千万も——当人とその家族にとっては大問題だが——等しく賃奴隷という点において同じなのだから。

ただ、俺にしてみれば、両親とも東大卒の子供が当然のように東大に進学するのと、ヤクザの息子が第一志望の私学に合格するのとでは、後者の方がはるかに嬉しい。

優子を通わせていた幼稚園の、母親たちのコミュニティーで、お袋はずいぶんと無理をしたことだろう。親父もお袋も個人事業主の許で働いていたのだから――お袋は正式な従業員だったのだろうか――保育園に子供を通わせるのに必要な労働条件などいくらでも加減できただろうに、バカ正直に申告して撥ねられた。親父が融通が利かないのだ。そして幼稚園で、ただ一人、お袋には友人と呼べる相手ができた。資産家の息子に嫁いだ短大卒のお嬢様だ。誇り高き連中に交じって屈託なくやっていけるのは、財力と美貌と育ちの良さがあれば十分に可能だ。三つとも持っていないお袋は、その元お嬢様と仲良くすることで、かろうじて他の母親たちのお仲間でいられたのだろう。

そういえば妹に、親父がもっと気が利く人間だったら、俺も優子も保育園に入ることができて、お袋も無駄な緊張を強いられることはなかっただろう、と零したことがある。そうしたら優子のやつ、生意気を抜かしやがった。おかあさんが無駄な緊張を強いられなかったら、おにいちゃんを進学校に入れることもなかっただろう。今のおにいちゃんは、おかあさんの無理の賜物じゃないか――。

妹にはこの、女ルポライターの書いた本を持っていってやろう。一冊で十分だ。だいたい優子のやつ、本気で読む気があるのか？　あるんだったら自分で図書館なりネットなりで探すだろうに。他になにか秘めた企みでもあるんじゃないか？　どうも怪しい。ともあれ、妹はもう結婚して一児の母だ。若くても思春期はとっくに卒業、この本に書かれていることを冷静に受け止めることができるだろう。

受験シーズンが終わり、三月はようやく一息つける時期だ。去年までは四月期の生徒の募集や予備試験、クラス分けなどでやることはいくらでもあったのだが、事務方と一部の講師が集中して引き受けるようになり、俺は最終チェックをするだけでいいようになった。

家を出たときは、優子の住むアパートの郵便ポストに本を放り込んでそのまま踵《きびす》を返し、どこかで一杯やる心づもりでいた。今日は土曜日だから、松嶋先生のところは子供が泊りがけでやってくる。が、地下鉄の駅から地上へ出たとたん気が変わった。妹夫婦に子供ができてから初めて訪ねていくのだから、ちょっと顔を出して赤ん坊をからかってやろう。そこでケーキ屋でショートケーキを四つ買った。慎さんも今日は家にいるだろう。慎さんは俺より八つも年上で、全国展開している税理士法人の会報誌をつくっている。契約社員なので給料は安い。実は義兄は作家志望なのだ。だから給料が安い、というのは言い訳にならないが、諦めるまで頑張ればいい、と俺は思っている。普段は残業が多いから、土日は家でひたすら机に向かっているらしい。俺はこの、年のわりに飄々《ひょうひょう》とした義兄が嫌いじゃない。俺とはまったく違う行動原理で生きているようで、共通の話題は少ないがいっしょにいるとなぜかホッとする。もっとも妹に言わせると、気難しくて頑固、しかも意外に常識的、なんだそうだ。赤ん坊はどっちに似るんだろう。

見慣れた商店街の居酒屋から腰まで垂らした長い黒髪の女が出てきて、入口に暖簾《のれん》をかけた。もうそんな時刻か。夕飯を狙ってやってきたと優子に思われたら癪だな、などと考えていたら、合わせたくない視線が合ってしまった。思案気に俺の顔を見つめること数秒、女はすぐに馴れ馴れしい笑顔になった。話しかけられるのが嫌で逃げるように遠ざかる。

あの女、ここ数年で一気に老けた。目鼻立ちは同じでも顔の輪郭がすっかり変わってしまった。太って顎の周りにたっぷり肉がついたせいだ。俺は高校のとき、あの女のことを密かにロセッティの女、と呼んでいたのだ。顎の線がじつにシャープだったから。客商売だから愛想だけはいい。俺と道端で出会うと、なんの後ろめたさもない笑顔で必ず声をかけてきた。大学に入っても、あら劉生ちゃーん、などと呼びかけるからまいった。あれは薬屋の出戻りだ。そして親父の女だった。出戻って間もなくして同じ商店街の居酒屋で働き始め、そのまま勤めは続いている。いつごろ親父とできたのかは知らないが、少なくとも俺が高校二年の頃はもう懇《ねんご》ろだった。親父は器用な振る舞いができないから、商店街の奴らはみんな知っていただろう。俺は女の存在に気づいてもどうということはなかった。男盛りに十年以上も女房なしでやっていかなくてはならないのだ、しょうがないじゃないか、と十五、六で達観していた。

いや、待てよ、あの女と親父が別れたとどうして言い切れる? 始まりを知らないのと同様、俺は終わりも知らないのだ。まだ続いている可能性だって十分あり得るじゃないか。お袋が戻ってきた、じゃ別れよう、とは簡単にいかないだろう。親父とあの女とは長いのだ。おばあちゃんが元気なころはさすがに遠慮していたが、死んでからはときどき居酒屋で出す筑前煮なんかを、女は親父に持たせたり、自ら我が家に持ってきたりした。優子が礼ひとつ言わず、野良猫を追い払うような態度を見せるので、それ以上出過ぎた振る舞いに及ぶことはなかったが、世間の目を気にするふうもまるでなかった。すこしおつむが弱いんじゃないかと俺は思っている。親父はお袋の不在を、あの女になんて説明していたのだろう……。

優子のアパートに着くと、まっさきに本を郵便受けに放り込んだ。明日の朝、優子が自分で見つければいい。ケーキと本を同時に手渡すなんてことは、いくらなんでもやりたくない。あいつはすぐに図に乗るから、あんまり甘い顔は見せないほうがいいのだ。

外廊下の一番奥、一階の東南角部屋が優子一家の住まいだ。赤ん坊が生まれる前、一度だけ訪ねたことがある。建物は築年数が浅く、自転車置き場もごみ置き場もこぎれいに整頓されていて、気持ちがいい。ドアの脇に置かれたベビーカーまで来ると、部屋の中から声が聞こえてきた。

聖ちゃーん、バイバーイ。聖、ちゃんとほら、バイバイしなさい。今日は突然で、ほんとにごめんなさい。近くまで来たものだから、つい電話しちゃって。いいえ、そんな、またぜひ遊びにいらしてくださいね。今度はお夕飯、うちで食べてってくださいね。ほら聖、おねえちゃんにまた来てねぇ、は？

俺は咄嗟に外廊下をそのまま突き抜けて裏口にまわった。いったい全体どうなってるんだ？

ドアが開き、女二人の赤ん坊を挟んだ姦《かしま》しいやり取りが続いて、最後に聞きなれた女の声が、

「それじゃ、えーっと……」

「慎さん」これは妹のささやき声。

「まことさん、今日はありがとうございました。お邪魔いたしました」

そのまま表通りへ去っていくのかと思いきや、また玄関口で、

「あら、優子ちゃん、いいのよ、ここで。もう道順わかるもの」

「ううん、途中まで送らせてください」

「いいえ、ほんとにいいの」

「ちょっとマヨネーズ切らしちゃってて、ついでなんです」

などとしばらく言い合い、赤ん坊をベビーカーに乗せるのにまた手間取り、ようやく女どもは俺の隠れている裏口から遠ざかっていった。

五分待って、俺はその場を離れた。国電の駅へ向かう。地下鉄駅に戻ると美津子と鉢合わせする可能性があるので、遠回りになるが仕方がない。

しかしなんなんだ、優子の奴は。佳香の店を急襲しただけじゃ足りなくて、今度は美津子か。いったいなにを考えているんだ？　あいつがなにか企んでいたとしてもたかが知れているが、俺の過去を順繰りに遡《さかのぼ》っていくのだけは止めてほしい。そんなことをしていったいなにが楽しい？

女二人が妙にはしゃいで親しげなのが、俺を心ならずも混乱させていた。優子と美津子――あの二人を頭の中で並べたことなど一度もなかった。相容れない領域にそれぞれいるのだと思っていた。俺の家族と美津子とは、絶対に相容れないものだと。それがどうだ、和気藹々とやっている。俺が美津子から離れていった理由があっけなく瓦解《がかい》していくようで、いたたまれない心持がした。

途中一杯飲むつもりでいたのも忘れ、早々にアパートに帰りついた。大家の住まいの窓明かりの傍で足が止まる。男の子のぶーん、ぶーん、という声が漏れ聞こえてくる。玩具かなにかで遊んでいるらしい。先生の父親は施設から一時帰宅しているのだろうか？　台所の明かりもついているから、松嶋先生は今夕食の支度をしているのだろう。一週間ぶりの一家団欒。

ぶーん、ぶーん、ぶーん。ママ、見て、ぎゅるぎゅる、どしゃーん！

あぁ、とこれは松嶋先生の小さな悲鳴。

俺はケーキを手にしていることに気づいた。優子のアパートからここまで、まったく意識の外にあった。ショートケーキなんて、男がひとりで食うものじゃない。モンブランならいいがショートケーキはいけない。これはこの窓明かりの下でこそ食われるべきだ。

俺は迷わず玄関のチャイムを鳴らした。

男の子の声が止んだ。中がいきなりシンとなる。誰かが玄関の方へやってくる気配がまるでない。家の中にいる全員がチャイムの音で固まってしまったかのようだ。

俺はなにかいけないことをしたか？

ケーキの箱が入った半透明のビニール袋を右手から左手に持ちかえる。ショートケーキ、その四個分の重み。俺がここに立っている理由はちゃんとある。先生と息子と、そしておじいちゃん……ひとつ余るな。それはひょっとして、俺の分か？　もう一度チャイムに腕を伸ばしたかけたところで、玄関の鍵をまわす音がし、引き戸が開いた。痩せぎすの女の子が立っていた。

「男のお客さん」

女の子は無理に不機嫌を装ったような声でいい、俺の方を上目づかいに睨んだ。一重の、吊り上った目をしている。首がない。いや、極端に短い。耳が……福耳の反対はなんというのだろう……耳たぶを剃刀《かみそり》で削いだような耳をしている。松嶋先生の耳たぶはふっくら豊かだ。この子は先生の娘か？　嘘だろう、まったく似てないじゃないか。

女の子が「お客さんだよ」ともう一度言うと、男の子が玩具のレーシングカーを片手に駆け出てきた。それに続いて、一度だけ見かけたことのある男が現れた。以前見たときは背広姿だったが、今日はゴルフ帰りのような服装をしている。娘にそっくりだ。いや、娘の方が、大きな悪意が働いたとしか思えないくらい父親に似てしまったのだ。

「なにか?」

いかにも営業畑でやってきた、といった柔らかな物腰で男が訊いた。

「実家に寄ってきたものですから、これを、大家さんにと……」

自分でも信じられないようなセリフが口をついて出てきた。

「それはどうも、わざわざ。おい、二階の先生からいただきものだぞ」

返事がない。

男は俺の汚れたスニーカーに目を落として、ヘンな笑い方をした。どう受け止めていいかわからないような笑顔だったが、気分のいいものではないのは確かだ。男の子がすかさず俺の手からケーキの袋を受け取る。

「あ、ケーキだ。ママ、ケーキだよ」匂いでわかるのだろうか。玩具を足元に落としたのも気づかず奥へ駈けこんでいった。

「こら、ありがとうはどうした」

ありがと、と声だけ飛んできた。松嶋先生は出てこない。甘辛い醤油の匂いが漂ってきた。

「しょうがないなぁ。お気遣いいただいてありがとうございます」

男は礼を言いながら、いつまでも自分の傍に突っ立っている娘にきつい視線を送った。相手を確かめもせず錠を開けたことを咎めているのかもしれない。女の子は父親の視線などおかまいなく、不届きな闖入者《ちんにゅう》を見るような目で俺を見ている。

一礼して、門を出た。駅の方へと引き返す。

勝手に食え、豚ども！

声に出したつもりはないのに、すれ違いざま女の二人連れが俺の方を見た。

焼き鳥屋に入って酎ハイを頼む。なにかを集中して考えなくてはいけないような気がしたが、なにも思い浮かばない。注文したカシラとナンコツが出てきても手を伸ばす気がせず、ひたすら酒を飲み続けた。

女の客はカップルでしか来ない小汚い店なのに、隣の夫婦は子連れで来てやがる。今日は気持ち悪いくらい暖かかったね。小春日和だね。いい年をした女房が十歳くらいの餓鬼にしきりに話しかけるのがうるさくてかなわない。

「あのなぁ、小春ってのは冬の季語なんだよ。子供にむちゃくちゃ教えるなよ」

母と娘の顔から笑顔が消えた。隣の亭主はひたすら無視。萎縮した女房子供を気遣う気配もない。お蔭で静かになった。

三杯目をお代わりしたとき、早くも眩暈《めまい》がした。ピッチが速すぎるのか。ふと、先ほどのＤＶ夫の言葉が頭のささくれ立った部分に引っかかった。

二階の先生？

あの男はなんで俺が二階の住人だとわかったのだろう。アパートの部屋は二階だけじゃない。大家の住まいは一階部分の三分の二ほどで、貸している八室のうち二室は一階にある。

もしかしたら、女房の実家の構造なんて亭主は興味がないから、店子はすべて二階にいると思っているのかもしれない。いや、待てよ。二階の先生、と言ったな。なんであいつは俺を見て「先生」なんて口にしたんだ？　どうして知ってる？

俺は焼き鳥の串に一味唐辛子をたっぷりと振りかけた。

チックショー。

小さく呟いたのが切っ掛けのように、隣の親子連れが席を立った。

美津子さんが帰ったあと、慎さんと言い争いになった。

「あんまり気を持たせるなよ。可哀そうじゃないか」

「気を持たせるって、どういうこと？」

「まるで劉生くんが美津子さんの許に戻ってくるような、そんな雰囲気をつくるなってこと」

「あたし、美津子さんに言った覚えないよ、おにいちゃんが戻ってくるとか、こないとか」

「口にしなくても、お前の態度はなんというか、そういうムードを醸し出してるの！」

「だって、実際にそうなるんだもの」

「え？」

「おにいちゃんは美津子さんのところに戻ってくるんだもの」

「なんの根拠があってそんなことを言うんだ?」

「根拠とか、関係ないよ。あたしにはなんとなくわかるの。おにいちゃんは今地獄めぐりをしていて、いずれ戻ってくるの。地上の花園にね。はっきりわかっていることが自然に態度に現れるのは、仕方ないじゃないの」

「呆れたな。そういう考えでいると、かえってあの人を不幸にするんだぞ。いつまでも諦めずに思い続けることになる。今日なんてぎょっとしたよ。聖を見るなり抱きあげて、この子が劉生の甥っ子なのね、なんて頬ずりするんだから。ちょっと常軌を逸している。関係妄想だな、あれは」

「妄想でも、未練でもないもん」

「じゃ、なんなんだ?」

「そうね……うんとピュアな……情熱、ううん、信仰かな。美津子さんはちっとも不幸なんかじゃないよ」

「あれが信仰なら、優子はたったひとりの信者ってわけか」

「うん、そうかもね。でも、二人で信じれば叶うもん」

「ばかばかしい」

「それじゃ慎さんは、将来二人が絶対にいっしょにならないっていう確証があるの？」

「ほとんどそういう見込みがないことはわかるよ、常識的に考えて」

「ほーら、とりたてて根拠がないのにそう思い込んでる。あたしと同じじゃない」

「まったく、おまえの現実認識っていうのは、イコール願望なんだから」

「現実じゃないもん。未来だもん。未来はまだ起こってないから、認識なんてできないもん」

「……優子と話していると、脳が液状化しそう」

言い合いがあまり深刻にならなかったのは、美津子さんがお土産に持ってきてくれたマカロンが、とびきり美味しかったせいだろう。

あたしの考えはとても単純なものなのだ。

あたしは美津子さんといっしょにいると、すごく楽しい。美津子さんもあたしといっしょにいると楽しそう。だから二人でわいわい楽しくしていれば、おにいちゃんが花に誘われる働き蜂のように、ブンブンと羽音を立てながら寄ってくるんじゃないか。そんなふうに考えている。寄ってきたらあとは簡単だ。だって美津子さんは、本当に泉の湧く花園みたいな女性だもの。地獄めぐりをしてきたおにいちゃんが、もう二度と離れていくわけがない――。

翌朝、郵便受けから朝刊を取るとき、本の入った封筒を見つけた。

ああ、これはなにかの予兆だろう。あたしは嬉しくなった。美津子さんがやって来たその日に、おにいちゃんが本を届けに来たなんて！　いつごろ来たんだろう。もしかしたら、美津子さんといっしょにお茶を飲んでいたちょうどそのときに、おにいちゃんはやって来たのかもしれない。ニアミスだ！　こうしたニアミスが幾度か続いて、そしていずれ二人が再会できるのなら、慎さんに何度意見されてもかまわない。美津子さんとはこれからもずっと仲良しでいよう。

おにいちゃんの塾の名が印字された茶封筒を開けると、かなり傷んだ単行本が入っていた。カバーの端が擦り切れている。

『格差社会と母親たちの窒息する日常』タイトルを見ただけで、胸の中に冷たい重りが生れた。著者は女の人だ。あたしは今すぐにでもページを開きたい気持ちを抑えて、料理本が横積みしてある中に本をさり気なく紛れ込ませた。慎さんは日曜日には早起きして、終日机に向かってなにか書いている。本を読み始めるのは明日からだ。

まだ一歳にならない赤ん坊を育てながら働くというのは、かなりしんどい。一月に勤め始めた頃は、緊張していたせいかあまり疲れを感じなかった。仕事にだいぶ慣れてきた今頃になって、ああしんどいってつくづく思う。働き始めてから、朝の時間も、帰宅してから寝るまでの間も、本当に三十分、いや十五分刻みで次々にやることがあり、それを順繰りにこなしていくだけで精いっぱい、あとは疲れて寝るだけだ。好奇心で世界と向き合っている聖は、はいはいで部屋中どこにでもいくし、なんでも口に持っていくし、つかまり立ちもするようになった。まったく目が離せない。子供が二人いてフルタイムで働いているママさんって、超人なんじゃない?

それでも慎さんの残業が続き、聖が夜はまとまった時間を寝てくれるようになったので、あたしはその週のうちに本を読み終えることができた。

本の内容は、十代の頃おにいちゃんからいろいろ聞かされていたことのおさらいのような部分もあったけれど、ほとんどがあたしの知らないことだった。この七歳の長女ってあたしのこと？　などと思いながら読み進んだ。幼稚園でのこと、愛美ちゃんのおかあさんのこと、小学校受験のこと……断片的な記憶が浮かんでくるだけで、本に書かれている物語と自分の記憶を重ね合わせることが難しい。それでもほんのすこしだけ、ああ、たしかにこうだったな、と納得できる箇所に行き当たると、懐かしいというより哀しい気持ちがした。

おかあさんの法廷での様子が書かれた部分は、読むのが辛かった。おかあさんが親友だった鹿島さんのことを、一度も羨ましいと思ったことなどない、と強い口調で言い放ったところなど、いったん本を閉じてしまった。

おかあさん、それ、本当？

あたしはなんのためにこの本をおにいちゃんから借りたのだろう。もっとおかあさんのことが知りたい、と思ったからではないのか。なのにページを繰っていけばいくほど、おかあさんはあたしから遠ざかっていく。

赤ん坊を育てていると、よその赤ちゃんまでもが可愛く思える。高校生の頃、あら可愛い、なんて感じたのとは次元が違う。子供が生まれて一番驚いたのは、この世に自分の命より大切なものがあるんだという発見だった。出産直後はまだ一心同体で、数時間おきの授乳に疲れ果てて寝入っているときでも、隣の赤ん坊がキュっと小さな音を立てただけで目が覚めた。今はもうそんな一体感はないけれど、一体感が薄れていけばいったで、かけがえのなさは増していく。だからよその家の赤ん坊を見ても、どの子もとびきり可愛らしく見える。おかあさんだって、おにいちゃんやあたしを胸に抱いていた頃は、同じだったに違いないのだ。なのにどうして、人の赤ん坊に手を掛けることができたのだろう。今あたしが、あんな残酷なやり方で聖の命を奪われたとしたら、自分がどうなってしまうか想像もつかない。

この本には、どこからか吹いてくる魔の風のことも、個人の意思を超えた悪も、出てはこない。嫌でもあたしはおかあさんという一個の人間と向き合わなくてはならない。そうすると、自然とおかあさんのことを糾弾したくなってしまう。

あたしは頭をいったんからっぽにして、以前よく想像した、汚い水溜りを思い浮かべてみた。非力で、自分の意志の力だけではどうにもならない現実を生きている、ちっぽけな水溜り。善い行いも悪い行いも、自分の力ではコントロールできない。強い日照りにあえばあっけなく蒸発してしまう。そんな水溜りを思い浮かべると必ず感じるあの深い無力感。それがまだあたしの中にしっかりあることを確かめたい。そうすることで、今の自分を中和したかった。

本を読み終えた週末は薄曇りだった。このところ週末はきまって晴れ上がるのに、こういうのを花曇りっていうのだろうか。天気予報は曇りのち晴れになっていたから、もう雨の心配はないだろう。まだ昼前だけれど、聖を連れて公園へ行こう。勧めるようになってからは、赤ん坊と屋外で遊ぶのも週末だけになってしまった。子供に済まないという気持ちがするが、働くことを決意したのはあたしなりに心積もりがあってのことだ。

これはまだ誰にも内緒なのだけれど、聖の教育費は惜しまず出そうと思っている。そうするには慎さんの収入だけではとても無理だ。あたしがなんとかしなくてはならない。いや、絶対になんとかしてみせる。だって聖はおにいちゃんと血がつながっているのだもの。おにいちゃんと同じくらい、いいえ、ひょっとしたらそれ以上優秀かもしれないではないか。でも、おにいちゃんが優秀だからきっと聖も、なんて、いくらなんでも慎さんの前では口にできない。だから胸の内にそっとしまっておく。

昨夜から急に気温が下がって、外は肌寒い。せっかく綻びかけたソメイヨシノの蕾がかわいそうだ。ベビーカーにのせる聖にはフリースのカバーオールを着せて、あたしは薄いダウンジャケットを羽織る。慎さんは金曜の夜は決まって夜更かしして書きものをしているから、土曜日は昼過ぎまで寝ている。起こさないようにそっと部屋を出る。

近所に三ヵ所ある公園の内、さーて、今日はどこへ行こう、といっとき迷ってみるけれど、けっきょくは実家の近くにある区営の公園へ向かうことになる。

去年、どこかの県の職員住宅があった広い敷地に、大規模マンションが建った。一部が誰でも入れる公園になっている。規則だか法律だかでそうしなくてはならないらしい。そこはきれいに整地され遊具も新品なのだけれど、やはり遊んでいるのはマンションの子供たちがほとんどで、おかあさんたちも皆顔見知り、どうも仲間に加わりにくい。先月の日曜に聖を連れて行ったら、親しげに声をかけてきたママさんがいた。

だけどあたしが近所のアパート暮らしだとわかると、あら、ここの方じゃないの？と言ったきり離れていった。それはないんじゃない、と思ったけれど、ま、そんなものなんだろう。

区民福祉会館の建つ敷地は半分が公園になっている。小学生の男の子が二人、奥の懸垂で遊んでいる他は誰もいなかった。ここは狭いし、樹木が育ちすぎて日当たりは悪いし、車道に面していて排気ガスも気になるしで、ママさんたちには今いち人気がない。混むのは真夏の炎天下くらいだ。唯一の取柄は、会館の棟とはべつに独立した小さなトイレが設置されていることくらいか。

玩具のスコップとバケツをベビーカーのバスケットから取り出す。猫がおしっこをしないように金網で囲われた小さな砂場の中に聖を連れて入る。聖は砂を口に入れようとするから用心が必要だ。砂遊びセットを買ってしまったけれど、本当はまだ早すぎる。それでも聖の手に自分の手を重ねて、スコップで青いプラスチックの小さなバケツに砂をすくって入れる。ひとつ、ふたつ、みっつ、声を出して数える。いつつ入れたところで手を止め、二人でしばしバケツの中を覗き込む。こんな中を覗いてなにが楽しいかと思うけれど、聖といっしょだと、なぜかものすごく愉快で貴重なものを覗き込んでいる気分になる。次に、いよいよバケツを逆さにして、砂を一気に落とす。と、なぜかここで聖は爆笑するのだ。このことを発見したときは楽しかった。調子に乗って何度も繰り返しバケツから砂を落とし、その度に聖は大口を開けて、は、は、は、と、空中に吹き出しで文字が浮き出るような笑い方をし、とうとう笑い疲れて泣き出してしまった。だからほどほどで止めないといけない。三度目に砂を落とし、赤ん坊が涎《よだれ》を垂らしながら笑いこけているのを見ていると、背後からあたしを呼ぶ声がした。

振り向くと、おかあさんが歩道に立ってこちらを見ている。

「おかあさん!」

スーパーのポリ袋を提げて、おかあさんはちょっとかったるそうにこちらへ歩いてきた。白菜でも入っているのか、袋は大きく膨らんで見るからに重そうだ。長ネギの青い部分が顔を出している。

「今夜はお鍋?」

おかあさんは聖から目を離さずに頷くと、ビニール袋を地面に置いて金網にもたれた。

「あきら、なにがそんなにおかしいの？」

聖のことをちゃんと名前で呼んだ！　こんな当たり前のことを今までおかあさんは一度もしなかったのだ。そのことに初めて気づいて、あたしは内心びっくりした。

「バケツから砂をこぼすと笑い転げるの。ヘンな子」

「優子はおとうさんが紙をびりびり破くと、笑い止まなかったね」

「え？　紙を？」

「ええ」

「ただ破くだけ？」

「そう、破くだけ。それで顔を真っ赤にして笑ってた」

「へぇ。おにいちゃんはどんなときに笑った？」

おかあさんは急に難しい顔になった。考え込んでいる。

「おにいちゃんはあんまり笑わない子だったんだ」

「そんなことないよ。劉生もよく笑った。でも、初めての子供でてんてこ舞いだったから、どんなときに笑ったかよく覚えてないなぁ」

「おかあさん、ちょっと太った?」

思いもよらないことを言われた、という顔をして、おかあさんは掌で両頰を覆った。その仕草が少女みたいでかわいらしい。

「うちは体重計がないからよくわからないけど……そう? すこし肉がついたかな」

おかあさんの顔は表情が乏しかった。だけど少しだけふっくらすることで、感情がわずかに顔色に出るようになったように思える。

あたしは聖と自分の砂を払い、砂場を出た。

「慎さんはまだ寝てるの。土曜日の午前中は、朝ごはんも食べずにずーっと爆睡」

「おとうさんもそうよ」

「え?」

意外だった。おとうさんは仕事の日も休日も変わらず早起きだったはずだ。

「金曜の夜は決まって飲んで帰るから、二時ごろになるの。それからしばらくぐずぐずしていて、寝るのは明け方なんじゃないかな? わたしは先に寝てしまうからわからないけど」

「おとうさん、土曜日をお休みにしたの？」

「ええ。わたしのお休みと重なるよう、シフトをかえてもらったから」

嫌な感じがした。おとうさんはまだあの居酒屋に通っているのだろうか？　だけどあの店は十二時前には暖簾をしまうから、そんなに帰宅が遅くなるわけがない。

長い黒髪の女の姿が浮かんだ。痩せているのにお尻だけヘンに大きくて、どこに重心があるんだかわからないなよなよした歩き方をして、いつ見ても気持ち悪かった。今でも商店街を歩くとたまに見かけることがある。その度に、あ、アイツまだいる、とあたしは舌打ちしたくなる。でも、うちに寄りつかなくなってからだいぶ経つので安心していたのだ。おかあさんが戻ってきた今、いくらなんでもおとうさんはあの女のところへ通ってはいないだろう……。いや、それはわからない。もしまだ通っているのだとしたら、おかあさんが気づかないわけがない。女の人は皆、こういうことに関しては猫の髭のように敏感なのだ。

「おとうさんがそろそろ起きる頃だから、もう行くね」

足元に置いてあったスーパーのビニール袋を再び手にしたので、あたしは聖の手を取ってバイバイとやった。おかあさんもバイバイと応え、それから歩き出した。しばらくその後ろ姿を見送ってから、聖を抱いて公園のトイレへ向かう。と、背後から「あら」とおかあさんの声がした。

「優子、お手洗い？」こっちに戻ってくる。

「うん。なんか最近、近いんだよね。出かける前にすましてきたのに、また行きたくなった。嫌になっちゃう」

おかあさんはあたしの傍まで来ると荷物を地面に置き、ごく自然な感じでこちらへ両手を差し伸べた。

薄曇りの空は眩しく、空気まで春の陽を含んで煌《きら》めいているようで、痩せたおかあさんの身体の輪郭が急にクッキリと浮かび上がった。それは肌理《きめ》の粗い塑像のようにあたしの眼に映った。どんな色にも染まりそうな塑像だった。ハンドウイルカの優しい灰色にも、セアカゴケグモの毒々しい赤色にも――。

さあ、それをこっちに寄越しなさい。

おかあさんの眼がそう言った。あたしは思わず聖を抱きしめた。自分の二本の腕が、太い頑丈な鎖になって赤ん坊の小さな身体に巻き付いたような気がした。

それは一瞬のことだったろう。気づいたときにはもう聖はおかあさんの腕の中にいたから。でも、あたしはその一瞬を凝らせたまま、おかあさんの脇をすり抜けトイレに急いだ。

頭の中で、冷たい水が飛沫をあげて激しく渦巻き始める。白い便器の中の小さな渦巻。足首を握られて逆さに吊られた赤ん坊。冷たい水の渦に、和毛に覆われた歪《いびつ》な頭が徐々に沈んでいく。は、は、は、と赤ん坊は無邪気に笑い声を立てる。鼻まで水に沈んでもまだ笑っている。顎まで沈むと、口元から泡がぼこぼこ立ちのぼり、もうなにも聞こえない――。

いけない、いけない！　トイレの個室の中で首を横に振る。

ふいに、暮れにレストランで出会った母子の姿が頭に浮かんだ。今、二人の座るテーブルの下には黒い口を開けた底なしの穴がある。なのに二人は穏やかな表情で広げたメニューに見入っている。これからなにを食べようか、それぞれがひっそりと思案して。まるで足元の奈落などないかのように。でも、どこへ行っても、なにをしていても、黒い穴はあの二人に付いてまわるのだ！

あたしは手も洗わずにトイレの小屋の外に飛び出した。

黒い地面に、白いビニール袋がぽつんとある。

少し離れて、青い小さなバケツと空のベビーカー。

あたしはみぞおちのあたりをきゅーっと絞り上げられる心持がして、聖の名を呼んだ。息だけが洩れた。公園を見まわすと……聖とおかあさんは桜の木の下に移動していた。聖が小さな五本の指をいっぱいに開いて、おかあさんの頬に掌を当てている。おかあさんはそんな赤ん坊の顔をじっと見つめている。あたしは立ち竦んだ。身体じゅうからふーっと力が抜けて、自分が黒い地面に丸く広がる汚い水溜まりになったのを感じた。

おかあさんのあの姿。昔見たことがある……。

抱かれていた赤ん坊のあたしが見たわけがない。おにいちゃんをあやして抱いていたときは、あたしはまだ生まれていなかった。でも、知っている、見たことがある。

真冬と同じ樹形を曝《さら》した桜の木は、膨らんだ蕾をいっぱいに枝々に付けて、おかあさんの頬はほんのり桜色に染まっていた。その皮膚の下に張り巡らされた毛細血管が、息を吹き返し、新鮮な血液を流し始めたかのようだった。あの胸に抱かれているのはおにいちゃんであり、あたしであり、そして聖なのだ。

おかあさん、ごめんなさい。そうつぶやいた後、大きく息を吸って、

「おかあさん！」

呼びかけるとおかあさんは眩しそうに眼を眇《すが》めてこちらを見た。こんな笑顔、見たことない。

「気をつけて。油断していると、聖はいきなり鼻の穴に指を突っ込んだり、耳たぶを引っ張ったりするの。けっこう痛いんだ、これが」

あたしが聖を受け取ると、頬を染めたままのおかあさんの眼に、薄い膜がかかったようになった。その視線は黒い地面に落ちた。

あたしたちは歩道で別れた。実家とアパートは、公園を挟んでちょうど反対方向にある。

すこし歩いてから振り返ると、三百メートルほど先に紺色のカーディガンを着た痩

せた背中が見えた。不思議だった。おかあさんの足はたしかに交互に動いているのに、ちっとも遠ざかっていく感じがしない。それは明るい春の空気の中で、淋しく静止しているみたいに見えた。

この一週間、塾で松嶋先生と顔を合わせても俺は口をきかなかった。俺たちのことを塾で知る者はいないはずだが、このところのよそよそしい雰囲気は皆気づいているらしく、室長になにかあったのかと、訊かれるというより注意を受けた。

毎晩のように先生から携帯に電話があった。だが俺は出なかった。水曜の夜だったか、一度、深夜に玄関のチャイムが鳴った。俺はドアを開けなかった。布団にもぐりこんで無視を決め込んだ。

言い訳など聞きたくない。土曜の夜、一家四人は俺の部屋の下で泊まったのだ。仲良く枕を並べて。

翌朝、松嶋先生は夫の運転する車に乗って出かけて行った。いや、出かけたのではなく帰っていった。自分たちの家に。日曜の夜は戻らなかったから、月曜の朝、先生は婚家から直接出勤したことになる。その日帰宅した俺は、大家の部屋の窓明かりが点いているのを見てホッとした。そしてホッとした自分にひどく腹が立った。

先生は俺にはっきりと宣言したではないか。もう二度とあの家には戻らないと。子供たちには会いたいが、夫の顔はできることなら一生見たくはないと。それがどうしてあのDV夫を泊めたんだ？　子供たちは仕方ないにしても、なぜ夫だけは毅然と追い返さなかった？　あの男は人を雇って俺のことを調べている。その上で先週のような行動に出たというわけか。つまりは宣戦布告というわけだ。ならば受けて立とうじゃないか。これは闘いなのだ。闘いである以上、勝たねばならない。その辺のところを松嶋先生はなにもわかっちゃいない。闘いに勝利して人生を軌道修正しなければ、先生は一生不幸なままだ。

それともひょっとして、俺のことであの小男から脅されたか？　……授業を終えて控室に戻ってきたときの、ほんの数日で面瘦《おもや》せしてしまった先生の打ち沈んだ顔が浮かぶ。今、あの男は先生に暴力は振るわないだろう。少しでも自分が不利になる行為は、当分のあいだ慎むに違いない。狡猾な奴だ。しかし俺を材料に先生を脅したのだとしたら、どうして松嶋先生は助けを求めない？　なぜ俺に相談しない？

深夜のノックも携帯への電話も、そのことの相談だったのか？　……いや違う。塾での先生の表情を見て瞬時にわかってしまった。その憔悴《しょうすい》した表情の奥には、すでになんらかの決意がほの見えていた。そしてその決意は、俺にとっては聞きたくないような内容なのだ。こういう嫌な予感というのは、俺の場合、いつも百パーセント当たる。人は今ある歓びや幸せを選ぶとは限らない。自分を束縛し不幸にしているものを選ぶ人間はいくらでもいる。俺との未来が、先生にはDV夫との現在よりも、はるかに不安なものとして映っているのかもしれない。

一週間が過ぎてまた土曜が巡ってきたとき、アパートに帰るのが恐ろしかった。先週と同じように、また子連れであいつが来ていたらどうしよう。もう看過するわけにいかない。というか、できそうにない。しかしそうだとして、今の俺になにができる？

……とにかく、感情的になってはいけない。冷静に綿密に計画を立てなくては。さまざまな困難が襲いかかってくることは、先生にプロポーズした時点でわかっていたことではないか。

土曜の最後の授業が終わり、講師同士の簡単なミーティングを終えた後、俺は迷った。一刻も早くアパートに戻って今夜は誰が先生といっしょなのか確かめたい気持ちと、どこかで時間をつぶして酔いのまわった頭で深夜に帰宅したい気持ちとがせめぎ合っていた。

しかし、両方ともしてはいけないことだ。ここで焦ってはいけない。自棄《やけ》になってもいけない。俺は駅前の飲み屋に入り、作戦、作戦、と念仏のように唱えながら酒を飲んだ。俺を弱気にしているのは、松嶋先生の立ち位置だ。どんなことになっても先生と力を合わせて立ち向かう、それしか考えてこなかった。だが、いっしょに闘うべき相手が敵側に寝返ってしまったとしたら……そうした場合、孤軍奮闘というのは喜劇を演じているようなものだ。これほど惨めで間抜けな男の役回りがあるだろうか。

俺はぬる燗二本で早々に席を立ち、早過ぎもしなければ遅過ぎもしない時刻に店を出た。吐く息は酒臭いが酔ってはいない。頭の中にはなんの目論見もなかった。ただ、感情に任せて先生を訪ねていくことだけは避けようと自分に言い聞かせた。

アパートに戻ると、大家の部屋の窓が暗い。中からはなんの物音もしない。俺は路上に立ち尽くした。まったく予想していなかった、誰もいないなど。今まで考えをまとめられないままあれこれ思案していたことが、一気に真っ白なペンキで塗りつぶされたような気がした。

敗北の白旗――。松嶋先生は仕事場から直接婚家へ帰宅したのだ。

部屋に戻り、放心したまま壁の一点を見つめる。頭にはなんの考えも浮かんでこない。考えどころか、なんの感情も湧いてこない。俺の足元には、誰もいない暗い部屋が沈黙している。それだけだ。

絶望というのは人の心を麻痺させるのか。涙を流したり呻《うめ》いたり、嘆いたり悔いたり恨んだり、そんなことはまるでなくて、ただ心の働きが止まってしまった。感情の凪を抱えて、目に映るものはすべて色を失くし、頭は洞《うろ》になり、それでも脈はちゃんと搏っていて、自分の身体が生体として機能していることを嫌でも意識する。俺は一年も前に医者に処方してもらってそのまま放っておいたロヒプノール２ｍｇの錠剤を、コーラといっしょに五錠、胃へ流し込むとベッドに横になった。

翌日目覚めると、外がほの暗い。ああ、終日寝てしまったのだなと思い枕元の時計を見ると、まだ朝の五時前だった。

ベッドから勢いよく身を起こし、カーテンを全開にする。窓を開け下を見ると、こんな時間に婆さんがひとり、アパート前の路地を大きな竹箒《たけぼうき》で掃いていた。俺は着替えると水で顔を洗い表に出た。大家の玄関先に立つ。シンとしている。チャイムを押す。反応はない。

「留守だよ、そこは」箒の婆さんが言った。

部屋に戻り、ベッドに腰掛けてしばらくぼんやりとする。そういえば昨夜も同じ姿勢で白壁の同じあたりを見つめていた。脳が洞になったような感覚は未だ続いている。そう、昨夜の続きの朝なんだ、今朝は……そう思うと、初めてやり場のない屈辱感が込み上げてきた。

もう地下鉄は動いているだろう。とりあえず仕事場へ行こう。俺はそう決心した。学力テストの結果が出てデータ化もすんでいる頃だ。今年から新学期の準備作業は、俺が段取りを決めた後は他の講師やアルバイトの学生に任せているが、このままアパートにいるよりは日曜出勤組といっしょに働く方がいい。学習塾が無人になるのは正月休みくらいのものだ。

身支度を整えてアパートを出る。

一番乗りだ、と思って仕事場の電気を点けると、なんと人がいた。床の上で寝袋にくるまっている。人の気配に驚いて、そいつは寝袋のまま慌てて上半身を起こした。眠ってはいなかったのだろう。去年大手の塾から社長が引き抜いた平田という英語講師だ。俺より十も年上だが、誰にでも頭が低い。入社年度に拘るのが好きではない俺は、年上にペコペコされるのが苦手なのだが、平田は腰が低いくせに言いたいことははっきり主張するタイプなので好感を持っていた。訊くと、英語テキストに数箇所誤記があり、正しく印刷したテープを修正する行の上に張り付ける作業で徹夜したという。「校閲した奴にも手伝わせればいいじゃないか」と言うと、「女と二人で徹夜するわけにいかないでしょう。終電に間に合うように帰ってもらいましたよ」などとしょぼくれた寝ぼけ声を出す。俺がなんとも思わないことを気にする奴がいるんだ、とちょっと面食らった。

「七時になったら朝マックに行きますが、良知先生はもうメシ、すませてきたんですか？」

訊かれて初めて、朝飯どころか昨夜だってまともな食事をしていないことに気づいた。食欲、というものがこの世にあるのを忘れていた。やはり今の俺はマトモとは言い難い状態なのだろう。俺は平田の朝マックにつき合い、すこし残っていた修正作業をいっしょに終わらせた。午後は、春休み集中講座の生徒や講師でにぎわう隣のビルの教室を窓ガラス越しに眺めながら、夏期講習で使う数学テキストの構成を練った。

最初は今俺のいる古いビルのワンフロアを借りて始めた塾だ。現在はこのビル全体をリノベイトして本社と別法人にした出版部門を置き、隣に四階建てのビルを建てた。もちろん教室は関東地区だけではなく関西にも散らばっている。俺は鬱屈《うっくつ》した気分を立て直すように、ときどき椅子から立ち上がって大きく伸びをした。意外に仕事がはかどる。朝は無理やり腹に詰め込むような感じだったが、夕食は中華料理屋で平田他三人と腹いっぱい食べて帰宅した。

思った通り、大家の部屋は今夜も無人だ。もう松嶋先生はここに戻ってこないのだろうか。俺は中を窺うことはせず外階段を上った。部屋でシャワーを浴びながら、あの女を諦めたのか？　と自問してみる。が、それは愚かな問いだとすぐ気づいた。なぜなら熱いシャワーの勢いを弾き返している身体のどこを探っても、諦観などというものは見当たらないのだから。松嶋先生の存在は、今の俺には未来という言葉とほとんど同義だ。先生といっしょにこれから生きていく、それ以外なにも思い浮かばない。

月曜日の朝、松嶋先生が俺の不安を払拭するようなにこやかさで出勤してきたとき、俺も落ち着いて挨拶を返すことができた。その後の朝のミーティングでも、以前と変わらず言葉を交わし、誰かの言った冗談に二人で笑ったりした。学校は春休み中なので、松嶋先生は午前と午後に一コマずつ授業がある。俺の方は今日は一日デスクワークだ。午前の授業を終えて先生が控室に戻ってきたとき、ふと、食事に誘ってみようかと思い立った。今まで昼を二人だけでとったことなどなかったが、他の講師たちから見たら、きっと仲たがいの解消で誘ったと受け取るだろう。

ところが先生は、控室に入ってくるなり自分のロッカーを開け、弁当箱を取り出したのだ。ピンク色の、保温タイプになっている大きな弁当で、それを机の上に置くと、茶を入れるのかコンロのある小部屋へ向かった。俺はその艶々した魔法瓶のような弁当を呆然と眺めた。今まで先生は、昼はいつも外食だった。他の講師と連れ立ち、ときどき俺も加わって、外に食べに行っていた。それが急に弁当持参か。恐らく夫に持たせる弁当を作るついでに、自分のものも作ったのだろう。明日も明後日も、これからずっと弁当持参は続くのか……。

松嶋先生は俺ともう一人控室にいた男にも茶を入れてくれた。俺はテキストから目を逸らさずに軽く頭を下げた。それから先生が弁当を広げるのを視界の端に捉えながら、茶には口をつけずに外へ出た。こめかみが熱くなる。先生の弁当を見たとたん、明るみかけた世界が再び反転した。ふつふつと滾《たぎ》るような怒りに全身が粟立つ。すっかり主婦に逆戻りか。そういうことか。

もしかして、俺は中年女にただ遊ばれただけなのか？　ひとときの慰み者だったのか？

そんなわけはない！　先生の人柄はよく知っている。

しかし、そのときは真剣でも後から振り返れば一時的な気の迷いだった、なんてことは世の中にはざらにあるじゃないか――。

俺はテキストを持ち出して、午後は塾の近所のファミリーレストランで仕事をすることにした。担当の授業のとき以外は、こういうことは比較的自由な職場なのだ。いや、自由だったというべきか。俺は社内規律を厳しくした側の人間だ。

携帯の電源をオフにし、根を詰めて仕事をする。今までたいていのことは仕事に打ち込むことで乗り越えてきた。三杯目のコーヒーを注文したとき、店の窓ガラスを雨滴が叩き始めた。空を見上げると、雲間から青空が覗いている。通り雨だろう。雨が止むまでここで仕事を続けることにする。この近所に桜の木などないはずなのに、俺の目の前の窓ガラスに一枚、小さなピンク色の花弁が張り付いている。なぜか雨滴に叩き落とされないように必死に張り付いているような気がして、思わず、頑張れ、と声をかける。

夕刻に塾に戻るともう松嶋先生は帰宅していた。帰り支度をしながら、そろそろあのアパートを引き上げる時期かな、などと思い、思ったそばから打ち消しにかかる。

これはいわゆる、別れ癖、というやつだ。大学時代の友人からその言葉を聞いたとき、へんに印象に残った。そいつの親父というのが結婚を三回していて――そいつは最初の女房の子だ――三人目の女房と夫婦喧嘩になる度に、もう離婚だ、というのが口癖なんだそうだ。友人は実父を指して、すっかり別れ癖がついちまってる、と零していた。俺もその口かもしれない。弁当を見たとたん弱気になった自分が情けなくなった。まだ先生の口から、はっきりしたことをなにも聞いてやしないじゃないか――。

蕎麦屋で焼き味噌を舐めながら焼酎を飲み、せいろを二枚たいらげてから重い足取りでアパートへ向かう路地へ曲がった。曲がったとたん、正面突き当りにあるアパートの、一階の窓明かりが目に飛び込んできた。

松嶋先生が戻っている！

俺は逸《はや》る気持を抑えながら歩いた。玄関口で立ち止まり耳を澄ます。物音ひとつしない。先生はひとりでなにをしているのだろう。すぐにでも玄関のチャイムを押したい衝動を抑えて、とりあえず自分の部屋に戻ることにする。部屋の中から先生の携帯に電話してみよう。外階段の方へまわると、見覚えのある女の子が階段の途中に腰かけていた。

先日と違い、へんにめかしこんでいる。緑色のワンピースが街灯の光を受けて、光沢のある布地なのか、ぬめぬめと光っていた。俺にはその緑色が、気味の悪い両生類の色に見えた。そう、河童のミドリだ。河童の子は階段に体育座りをしているから、見上げると白いパンツが丸見えだ。パンツと同じ真っ白いリボンを中途半端に伸びた髪に留めている。似合わないこと甚だしい。皿の形までわかるような痩せた膝を合わせて、先日と同じ目で俺を睨んでやがる。

醜い河童の子――。

ふと、こいつは俺にとって本当に敵か？　と疑念が湧いた。味方でないのは確かだが、だからといって敵だと決めつけない方がいいんじゃないか。こんなガキでもやりかたによっては利用価値があるかもしれない。

「一週間ぶりだね」自分でも気味の悪い猫なで声が出た。

「うそ、もうちょっとたってるよ。今日は月曜日だもの」

頭の回転の速い子だ。

「あの可愛い弟もいっしょかな」

「パパはいっしょじゃないよ」

訊かれたことには答えずに、河童の子は不敵に笑った。

「じゃ、ママと三人だけ？」

「まあね」

なにがまあね、だ。こまっしゃくれやがって。

「どうして？　パパに送ってもらってここまで来たんだろう？　どうしてパパは帰っちゃったのかな。ママがそうしたの？」

「……知らない」

「君はここでなにしてるの？」

「ママを待ってる」

「ママはどこか行ったの？」

「マヨネーズ切らしちゃったって、買いにいった。ナル君はお部屋でゲームしてる。あのね、おにいちゃんってさ」

「ん？」

「わるい人?」

「え?」

「あくにん、っていうの? そういうの」

急になにを言い出すんだ、このガキは。

「誰がそんなこと言った?」

また薄ら笑い。答えようとしない。

「悪人っていうのはね、君のパパのような人のことをいうんだよ」

「へぇ、パパも悪人なんだぁ」しれっと答える。

「本当はわかってるんだろ、そんなことくらい。君はすごくおりこうそうじゃないか」

女の子は少し顎を引くと黙り込んだ。

この子は今傷ついた。俺にはそれがわかる。幼いなりにいろいろなことを見てきたのだ。外面《そとづら》のいい父親の二面性、母親の懊悩《おうのう》、祖父母の見て見ぬふり。大人の欺瞞《ぎまん》を肌身で知っているのだろう。

「君のママも言っているよ、パパは悪い人だって」

「……」

「君のママ、かわいそうだよね」

「……」

「ママを幸せにしてあげたいと思わない？」

「ママはしあわせじゃないの？」

「当たり前だよ、君のパパがいたんじゃ、ママはずーっとかわいそうなままじゃないか。君はそれでいいと思う？」

「……」

「殴ったり蹴ったりするんだろう、ママのこと。君もされたことあるの？」

「ない」

「ほんとかなぁ」

「パパは蹴ったりしない。ナルくんとあたしのこと、つねるだけ」

「つねるのか。そりゃ痛いだろう」

「痛いよ」

「ママはつねる？」

「ううん、ママはしない」

「だったら君のパパはやっぱり悪い奴だよ」

「つねるのって、悪いこと？」

「悪いさ」

「お友達同士じゃなくって、パパだよ」

「パパでも悪い。もっと悪い」

「じゃ、つねるのと、人を殺すのと、どっちが悪い？」

「……」

「ね、どっちがどのくらい悪いの？」

「……」

「おにいちゃん、人殺しの子なんだって？」

外階段のうす闇の中で白いリボンが浮き上がって見えた。女の子は膝を抱えたまままっすぐに俺を見下ろしている。敵意と警戒心の隙間に、なにかべつのものが見え隠れしている。それがなんなのか俺にはわからない。

「ママがそう言ったのか？」

女の子はちょっと目を泳がせてから、きゅっと口を引き結び首を縦に振った。俺にはそれが嘘だとわかった。

「パパはそれ以外に君になんて言ったんだ？」

俺は一段階段を上った。女の子の瞳孔が大きく開いたような気がした。

「君のパパは俺のことをなんて言ってるんだ？」

「おにいちゃんがあくにんだから、ママはおうちに帰ってこれないんだって。あたしもナルくんも、ママに帰ってきてほしいのに」

「それから？」もう一段のぼる。

「おにいちゃんは人殺しの子だから、ママはおうちに帰りたくてもこわくて帰れないんだって」

もう一段。と同時に、女の子が立ち上がった。階段の手すりに半身を預け、背を大きく弓なりに反らせる。奇妙な声が上がった。それは人間の悲鳴というよりも、ふだんは声帯を震わすことを忘れて生きている四つ足の動物の断末魔の声のようだった。五つの母音のどれでもない悲鳴――。女の子の身体がくるりと反転して、背中が手すりにあたる。あ、落ちる、と階段を駆け上り、俺は女の子の襟元を掴んだ。反った背を戻そうとしても、逆にますます仰け反って、ほとんど手すり越しに逆さまに地面へ落ちそうな具合になり、女の子は長く尾を引く奇妙な声を断続的に上げ続けた。白目をむいている。

掴んだ襟元を強引にこちらに引き寄せ「黙れ！」と叫んだと同時に、背後から強い力で突かれた。俺は階段に前のめりに倒れた。左のこめかみの少し上のあたりに強い衝撃が走る。あまりの痛さに目の前が暗くなり、蹲《うずくま》ったまましばらく身動きがとれないでいた。鉄階段の角に頭をしたたか打ちつけたようだ。掌《てのひら》で痛めた箇所を覆い、生暖かいものをたなごころに感じながらどうにか立ち上がった。振り返ると、階段の下に松嶋先生の姿があった。痙攣を起こしたようにひくついている娘を両腕でしっかりと抱きとめている。

「なにをしたの」

低いよく響く声で松嶋先生が問うた。今までに聞いたことのない声だった。

「わたしの娘になにをしたの」

左手首から肘にかけて、温かい液体が伝い降りていくのを感じた。それは瞼も覆い始め、俺は思わず左目を閉じた。

右目には、濡れた路地に立つ母子の姿がぼんやりと映っている。母親は片手で娘の頭を抱え、もう片方の手で細い腰のあたりを支えている。俺にはそれが、日常で繰り返されてきた手慣れた仕草に見えた。このいかにも疳《かん》の強そうな娘は、日頃からときどきこうして痙攣を起こすのではないか。母親の表情は険しいがけっして動顛《どうてん》してはいない。俺は女の強い視線を浴びながら、どこか他人事のような心持で、そんなことを考えた。

娘の口から洩れていた、悲鳴の残滓《ざんし》のような呻き声がようやく鎮まった。

女はもうこっちを見てはいなかった。自分の胸にある娘の額に視線を落とし、小さな頤《おとがい》を掌で優しく包んでいる。それは静謐《せいひつ》な、厳かと言ってもいいような一幅の絵画だった。俺は暗い石造りの建物の中にいて、自然光だけを頼りに絵と向き合っているような気持になった。

ゆっくりと階段を下りる。俺はもう、ここに、これ以上いてはいけないのだ。俺は意図しないままなにかの役割を演じ、そして幕は下りたのだ――。

母子の脇を無言ですり抜け、暗い路地を表通りの方へ歩いていく。すれ違いざま視界の端に捉えた女の横顔には、微《かす》かな迷いのようなものが浮かんだ気がしたが、それこそ俺の気の迷いか……。

背後で、半年間暮らしたアパートがどんどん遠ざかっていく。子を産んだ女の柔らかな腹の温もり。白い太腿の内側にあったタバコを押し付けられた火傷の痕。湾曲した土踏まずの白さ……すべてが遠ざかっていく。

俺は振り返らなかった。

声が聞こえてきたのは地下鉄に揺られているときだった。鼓膜を内側から震わすように、その声は疼き始めた頭の隅々にまで沁みわたっていった。劉生はいつもの癖で吊革の手がけではなく鞘《さや》の部分を握りしめ、ほとんどぶら下がるように体重を預けて、電車の揺れに身を任せていた。マナーモードにしてある携帯がさっきからしつこく震え続けている。

――だいじょうぶだからね。

疲れ切った弱々しい、それでいて優しい女の声が劉生に囁きかける。

電車が駅に入ると目の前に座っていた男が立ち上がった。劉生はその後に腰かけた。すると隣の若い女が慌てて立ち上がり、下車せずに隣の車両へ移っていった。傷口を押さえているハンカチを剥がしてみる。真っ赤に染まっていた。恐らく顔や首筋も赤く染まっているのだろうと劉生は思い、左頬に手を当ててみると、乾いた血糊のざらついた感触があった。

――だいじょうぶ、劉生ならちゃんとやっていけるから。

疼く頭にひたひたと声が沁みていく。

――劉生ならまっすぐ生きていけるから。

そう、俺は狸寝入りをしていたのだった。だが、しかし、ひょっとしたらそのまま寝てしまったのじゃないだろうか――。

あいまいな記憶を劉生はゆっくりと手繰《たぐ》り寄せていく。

十四年前の春、清子は夫に付き添われて自首した。事件から五日後の昼過ぎだった。その前日、夜更けに、夫婦は台所の流し台の前で抱き合っていた。二人とも声を押し殺して泣いていたのだ。それは子供たちの目には異様な光景に映った。

優子は訳のわからないまますっかり怯えて、劉生の寝ている布団の中に潜り込んできた。それを劉生は邪険に追い払った。妹と違い、兄には両親の尋常でない様子が、ここ数日間あたり一帯を騒々しい緊張状態に置いている出来事と関係があるらしいのが、漠然とだがわかったのだ。

高架下の2Kの賃貸マンションに、一家四人で住んでいた。劉生と優子の勉強机が並んでいる六畳間は箪笥も置いてあったので一人分の布団しか敷けず、そこに劉生が寝ていた。隣の四畳半には父親と優子が、そして朝一番に起きる母親は台所のテーブルを夜だけ脇に移動して、空いたスペースに布団を敷いて寝ていた。ところがその夜は、子供二人の寝具しか敷いておらず、両親に寝る気配はなかった。

劉生は狸寝入りを決め込み、必死に聞き耳を立てた。両親は台所の明かりを豆電球だけにして、囁き声で会話を交わしている。劉生は言葉ひとつ拾うことができなかった。二重窓になどなっていない住まいは、深夜でも車の騒音が聞こえてくる。突然、隣の部屋から優子の頓狂《とんきょう》な声がした。妹はときどき大きな声で寝言を言う。もう寝てしまったのだな、と劉生は思った。兄の布団から追い出されてまだ十五分も経っていない。あいつはまだ子供だな、と十三の劉生は布団の中で思った。

優子の発した寝言を合図に、両親のささやき声は止んだ。しばらくして、「明日から大変なんだから、お前は少しでも寝ておいた方がいい」という父親のはっきりした声が聞こえた。そして優子の寝る四畳半の押入れをゆっくりと開ける音がした。次に、なるべく音をたてないように気遣いながら、台所に床を延べる気配がした。そして、家の中は静まった。わずかに開けてある襖《ふすま》の隙間から、台所の豆電球が点いたままなのが劉生にはわかった。薄闇の中で、劉生は目を見開いて天井の隅を睨んでいた。

あの夜は一睡もしなかった記憶がある。だが実際のところは、どうだったのだろう――。

もう外は微かに白んでいた。磨りガラスの小窓には遮光カーテンなど掛かっていなかったから、東を向いた劉生の寝る部屋は朝一番に明るくなる。

母親が自分の半身を抱いているのが、劉生にはわかった。が、目を開けようとはしなかった。寝たふりがばれるのが恥ずかしかったのだ。だから目をつむったまままされるがままになっていた。台所から父親の鼾《いびき》が聞こえてくる。鼻先に母親の濡れた頬が当たり、背中には掌の温《ぬく》もりがあった。

――だいじょうぶだよ。やっていけるよ。ごめんねぇ。

耳元に吹きかけられる生温かい息。小さな囁き声。

もしかしたら、俺の狸寝入りはバレていたんじゃないか――？

そう思いかけて劉生は慌てて否定する。

あれは夢だったんだ。俺はやっぱり寝てしまってたんだ――。

地下鉄を降りるときまた携帯が震え始めた。劉生は舌打ちして内ポケットに手を突っ込み電源をオフにした。そして真っ赤に染まったハンカチを駅のごみ箱に捨てた。階段を上り地上に出る。止んでいた雨が再び降り始めていた。

ちょうどいいや、顔の血を雨が洗い流してくれる——。

少し顎を上げて顔を雨にさらしながら、商店街を抜け坂道を上る。途中、父親の勤める米屋にちらりと目をやった。夕方には早々に仕舞う店なのにまだシャッターが上がっている。店内は明るい。入口の大きく庇の出た軒下に、店主の老人が途方に暮れた様子で佇んでいた。

顔に降りかかる冷たい雨が気持ちよく、坂道を上り切ったところで劉生は歩みを緩めた。坂の上は戸建ての住宅が多い。日が暮れると車も滅多に通らず、人影もない。立ち止まり、両腕を大きく広げてみる。顔を天に向け、全身で雨を受ける。

ああ、気持ちいい——。

劉生は独りごちた。しばらく腕を広げたまま佇んでいると、磔刑《たっけい》に処せられたような気分になってきた。

こんなに気持ちのいい磔刑なら、いくらでも他人の罪をひっかぶってやってもいい

――。

劉生は急におかしくなって引きつったような笑い声を立てた。

どいつもこいつも皆、犯した罪を持ってこい。俺が全部まとめて引き受けてやる――。

広げた両手を顔に持っていって、ごしごしこする。掌が真っ赤に染まり、腫れ始めた左のこめかみに痛みが走った。劉生は再び歩き出し、ブロック塀が途切れたところで細い路地に逸れた。狭く急峻な坂道は階段になっている。中央だけ平らなのは、自転車を押すためのものだ。坂を下りきると実家の借家がある通りに出る。賃貸マンションより安く借りられる、築四十年の小さな貸家が数件軒を並べている、周囲から取り残されたような一画だ。劉生は口笛を吹きながら階段を走り下り、実家のある方角を見て足を止めた。

赤色灯を点灯させたパトカーが一台、百メートルほど先の路上に停まっている。ちょうど実家の前だ。そのすこし手前には、打ち捨てられたようにベビーカーが雨に濡れ放置されていた。目に映る光景に、劉生は既視感を覚えた。

胸いっぱい大きく息を吸いこみ、そのまま呼吸を止める。

「かあさん！」

一声叫ぶと、劉生は実家に向かって全力で駆け出して行った。

〈著者紹介〉
村田 歩（むらた あゆむ）
蟄居系独居老人。
年金と18歳の愛犬を頼みに生きています。楽しみは、風呂場で大きな声で歌うこと。食べた果物の種を発芽させること。

春《はる》のピエタ

2023年12月8日　第1刷発行

著　者　　村田歩
発行人　　久保田貴幸

発行元　　株式会社 幻冬舎メディアコンサルティング
〒151-0051　東京都渋谷区千駄ヶ谷4-9-7
電話　03-5411-6440（編集）

発売元　　株式会社 幻冬舎
〒151-0051　東京都渋谷区千駄ヶ谷4-9-7
電話　03-5411-6222（営業）

印刷・製本　中央精版印刷株式会社
装　丁　　弓田和則

検印廃止

Printed in Japan
ISBN 978-4-344-94614-9 C0093
幻冬舎メディアコンサルティングＨＰ
https://www.gentosha-mc.com/